# 江分利満氏の優雅で華麗な生活

《江分利満氏》ベストセレクション

HiTomi YamagUchi

JN155569

山口瞳

P+D BOOKS

小学館

目次

# I章　江分利満氏の優雅な生活

# しぶい結婚

## ■SNUB-NOSE.38

砂利の多い道を少年が駈けてゆく。日曜日の午後1時を少し廻ったところである。

道の端の砂利の少いところをえらんで、思いつめたような顔で駈けてゆく。左掌の10円玉は、汗でビッショリ濡れて匂っている。1軒の店に着いたとき、そのままの顔付きをくずさずに少年は深呼吸して、棚から棚をゆっくりと見廻す。2度、3度。やがて1冊の本をつまらなそうに取りあげてパラパラとめくり、ややぞんざいにもとへ戻す。呼吸は平常に復したが、憂鬱が少年を領している。しかし、ふたたび書棚に目をあげたとき、少年の顔はパッと輝く。誰だってその時の少年の顔を美しいと思わぬ者はない。心を静めて1冊を抜きとり「コレ」と小さくいって10円玉を渡す。少年はふたたび、砂利道の砂利をえらんで駈けだす。少年が胸にかかえているのは、武藤勝之介著『長編宇宙漫画・金星人の逆襲』である。

彼は、モダンなテラス・ハウス群に消えるが、ほぼ30分経った頃ふたたび姿をあらわす。左掌に10円玉、右手に武藤勝之介、母親に注意されたのか今度はストロー・ハットをかぶっている。

貸本屋のオヤジというのは、何故怠け者が多いのだろうか？　営業時間は午後1時から9時までである。朝は仕入れに行くのか。それとも文化人を自任しているのだろうか？

貸本の値段は、翌日の9時までに返済すれば1冊10円、以後1日増すごとに5円増しとなる。たいていの日曜日、少年は、貸本屋とテラス・ハウスを10往復するが、支払いは必ずしも百円ではない。2度ぐらいはマケてくれるからである。それにしても、少年は何故1冊借りて10円払い、それを返して、また1冊借りて10円払うという手間のかかる方法をとるのだろうか？翌日の午後9時に返しても料金は変らないし、5冊いっぺんに借りることだってできるのに。少年は気が弱いのだろうか、それとも潔癖なのだろうか？

少年は学校から帰ると、道で拾った硬式テニス・ボールを持って外へ出る。彼はそれを毛毬と称しているが、1人でテラス・ハウス東側の壁にぶつけるのである。少年の球はかなり速くて母親は受けることができない。少年は慎重にかまえ、ワインド・アップし、快速球を投げこむのである。彼はときに捕手のサインに首をふることがある。プレートをはずし、1塁ランナーをにらみ、口の中でブツブツいいながら、次の球質を考えることがある。彼のタネモノは

「変化球」とフォーク・ボールと「沈む球」であるが、彼自身がそう思っているだけで全て速球である。もっとも彼は快速球も怪速球だと信じている。テラス・ハウスの壁は粗くて、怪速球はとんでもない方向にはねかえるが、彼は決して走らずにゆうゆうと拾いにゆく。ピッチャーは走ってはいけないと教えられたのだ。それをあきずにくりかえすのである。

不思議なことに、少年は野球はキライである。プロ野球の選手は長嶋と王しか知らないし、テレビの野球がはじまると、2階の自分の部屋に消える。彼ははじめ小学校の野球部の選手であったが、1ト月たたないうちに2軍の首将を命ぜられた。2軍の何かを知らず、首将についで知っていたから、得意であったが、そのうち2軍は試合に出られないと知って止めてしまった。

少年の忿懣が壁野球になった。彼は何かを呟き、1球ずつ丹念にあきずに投げこむのである。いい忘れたが、彼は珍しい左投げ右打ちである。左投げ右打ちで名選手が出たためしがない。

少年はしばらくコルトに凝ったことがある。食事中も手離さず、夜も抱いて寝たが、1年経って小遣いをためてSNUB-NOSE. 38を買った。私立探偵《プライベート・デイテクテイブ》のつもりである。「サンセット77」というテレビ映画をご存知のかたはすぐ分るはずと思うが、上着の下に仕込むピストルである。

彼は様々にスナップ・ノーズを発音してみた。勉強中にもときどき「スナップ・ノーズ！」という気取った声が聞かれた。

「スナップ・ノーズ？」

そのうち、ノーズは鼻であることに気がついた。次に苦心さんたん、1時間かかって遂に辞書の中からSNUB-NOSEという単語を見つけだした。SNUB-NOSEは「獅子鼻」であることが分った。彼の独りごとに日本訳が加わることになる。「スナップ・ノーズ！ 獅子の鼻」彼は静かにピストルをなでるのである。獅子の鼻！ ますます勇ましいではないか。愛着は深まるようであった。

少年の母は、息子が英語の辞書をひいたことに感動した。

「どれどれ、どこに出てたの？」

少年は辞書の頁を示した。

「SNUB-NOSE。名詞ね。獅子鼻《ししっぱな》。ホント！」

「シシッパナ？ 獅子の鼻じゃないの？」

「ライオンの鼻じゃないのよ、ホラ、あんたみたいに天井むいてる鼻のことを獅子鼻っていうのよ。そういえばこのピストルもそんな感じね」

少年の落胆は独り言をいわなくなったことで知れた。

この少年が、江分利満の1人息子江分利庄助（10歳）である。

## ■塀

実際、砂利の多い道である。道路工事をはじめるために砂利を敷いたのか、それとも単に砂利を置いたのか分らぬが、胼胝《たこ》のある江分利の歩き方は自然に老人のようになる。背を曲げ、下を向き、具合のよさそうな石を拾って歩かねばならぬ。

砂利は、その他にも実害をおよぼした。江分利の勤めている東西電機の社宅12軒のうち、江分利家と他の3軒が道路に面していた。

ある日、隣に住む営業1課の辺根がいうには、昨夜寝ているときに拳大の石が飛んできてガラス戸を破ったという。幸い網戸と2重になっていたので大事に至らなかったが「寝ていて交通事故に会うんやから、かないまへんわ」と辺根がいうのは、その石が、トラックだかミキサー車だかのタイヤではじき飛ばされたものだったからである。

そういえば、江分利も、夜中、トラックが通るときにカチリという音を聞くことがあった。はね飛ばされた砂利が、金網の塀に当る音である。江分利家の庭は一面の芝であるが、彼が日曜の朝、雑草を抜いているときに意外に大きな石を発見することもあった。彼は丹念に除草し、毎週芝を刈り、小石を捨てるから、新しく発見された石はやはりトラックだかミキサー車だかの仕業に違いない。

江分利にひとつのアイディアが浮かんだ。いまの天地1メートルの金網を2倍にしよう、そうすれば砂利の被害をかなり防げる。これはちょっとしたアイディアではないか？

2世帯で1棟のテラス・ハウスが6棟、計12世帯がこの地域での東西電機の社宅である。2階建てで下が4畳半に台所・風呂・水洗WC、上が6畳に3畳という間取りは全部同じであるが、1棟だけに限っていえば、2世帯は左右対称の間取りとなる。江分利と反対の間取りに住む佐藤夫人は「お宅へ遊びにいくと、身体がこうねじれるような気持ちになりますの」と言う。

さて、建て方は6棟とも同じであるが、矩形でない地所に矩形の家が建ったから、当然、庭に大小ができたのである。ここに面白い現象が生じた。クジ引きで入居したのであるが、大きな庭に当った者は、こころなしか庭の手入れに熱心となり、小さな庭では雑草の茂るがままという状況が見られた。もっともそこは個人の志向もあり、芝を植えると転勤になるというジンクスもあり、転勤の多い営業部とそうでない者とでは自ら愛着に差異が生ずるのだが……。

江分利の家は前列、向って右端にあり、菱形の地所の張り出した部分に当るのでもっとも庭が広く、一番小さな家の庭に比較すると、ほぼ1坪広かった。彼はなんとなくいい気持ちであった。いや非常にいい気持ちであった。この気持ちは社宅住まい、アパート住まいを知らない人には、おそらく理解できないであろう。自分の家が隣の家より、ちょっと広い、庭がちょっと広いというのは、断然いい気持ちなのである。

江分利は庭つくりに精出した。庭つくりといっても一面の芝生と、ヒマラヤ杉と、道路に面した金網に蔓バラをからませることだけだったが……

彼は、朝早く目覚めたときは、庭へ出て雑草を抜く。日曜日の午前中はこれで潰す。芝の間のどんな小さな雑草をも見逃さない。煙草のすいがら、マッチの軸、小石、粘土のかたまり、枯葉を除く。やや病的に近いが、もともと庭が狭いのだから微視的になるのも致し方がない。石塀で仕切った隣家の辺根と顔があうことがある。辺根はだまって自分の庭に目を落とす。可憐な、あるいは強靱な、あるいは逞ましい、つまりいかにも雑草らしい雑草が無秩序に生い茂っている。モダンなテラス・ハウスだけに、いっそう痛ましい感がある。目が合っても、何もしゃべらない。これが社宅のエチケットである。しゃべっても、せいぜい、

「精が出ますな」

とか、

「公園みたいになりましたな」

とか言う程度である。

「昨日の桑田の満塁ホーマー見ましたか?」

「見た見た」

これでおしまいである。

今年の4月、珍しく辺根が鍬を振っているのを見た。2週間ほど経って、芽が出そろった。庭の好きな江分利はうっかり禁を破ってしまった。

「出ましたね、キレイですね」

江分利は自分の庭が美しすぎるのに負目を感じていた。

「コスモスじゃないですか?」

辺根は黙っていた。

「コスモスはいいですよ。つきはなす貨車コスモスのあたりまで、正一郎という人の句だそうですが、コスモスとかカンナとか月見草なんてのは、なんとなく田舎の駅の感じですね」江分利は辺根が汽車好きなのを知っていた。

「旅情がありますよ、それに……」

辺根が低くさえぎった。

「コスモスじゃありませんよ……二十日大根です」

だから、社宅では口をきいてはいけないのである。

ことわっておくが辺根に羞恥も自嘲も怒りもない。明かるく淡々としてこだわらない。ドライである。恥じたのは江分利の方だ。

江分利の、金網を2倍にしようというアイディアには、別の狙いがあった。蔓バラを、そこまでからませたいと思ったのだ。むろん、悪意ではない。危害予防と美観を兼ねたいと願っただけだ。いや、蔓バラの黄と赤とピンクを一杯に咲かせたい、その間からヒマラヤ杉とデッキ・チェアを置いた芝生が見える、というのは江分利が子供の頃から抱きつづけた、無意識のしかし強い願望だったのかも知れない。

金網を危害予防のために2倍にするとすれば、道路に面した、江分利・辺根・川村・佐藤の4軒が結託しなければならぬ。

一番の被害者であり、事務に堪能な辺根が「社宅補修願」を書いた。

①某月某日、拳大の石が飛んできて、辺根家の1階のガラス戸を破りました。さいわい怪我はありませんでしたが、これでは安心して寝ることもできません。

②某月某日ほか数日にわたって江分利家の庭に小石が飛びこみました。川村・佐藤の両家

にも同様の被害がありました。これでは安心して庭へ出ることもできません。
③佐藤家には1歳の幼児がいますので、特に危険です。
④現在の金網は道路から簡単にまたぎ越すことができるので、用心が悪い。
⑤従って現在の金網の塀を即刻2倍の高さにしてほしい。

みんなこれに印鑑を押した。

3日たって、建築会社が状況を見にきた。男は全部出社中で、夫人達が応対したが、ここで意見が割れたのである。佐藤夫人は危険予防のためには、現在の粗い金網を2倍したのでは不完全である。網目を縫って小石の飛びこむこともある。石の塀にすべきではないかと提案した。正論である。これに対して「石の塀にすれば費用がかかって会社がウンというかどうか分らぬ。それに、不用となった金網をどうするか」「石の塀は立派すぎて、奥に住む方々に申しわけない」「石の塀は風通しが悪くなり健康的でない。草花や樹木にも悪い」「風通しは、石にところどころ空間をつくればよくなる」という論議がなされ「現在の金網の高さの石塀をつくり、そのうえに金網をのせればよい」という折衷案も出たが、結論を得ずに建築会社は帰っていった。

出勤電車のなかで男たちが言った。

「金網でいいんですよ、金網で」と佐藤。

「そのうち道が舗装になるんじゃねえか」と川村。
「しかし、ヤケに交通量がふえたぜ。夜中はぶっ飛ばすしね」と辺根。
「なんだか、面倒くさくなったね」と江分利が言った。

1ヵ月たったが、蔓バラの網ごしに、ヒマラヤ杉とデッキ・チェアを置いた芝生が見える、という江分利の意識下の強い願望は宙に浮いたままである。

## ■犬を飼う

江分利の家には犬小舎がある。

昨年の暮、東西電機の社宅の一番奥にある矢島家に空巣が入って、現金2万5千円と銀行預金証書およびアサヒペンタックス1台が盗られた。最近の泥棒は衣類などに目をつけない。ボーナスの直後であること、矢島夫人ほか5人の夫人が連れだって夕食の買物に出た隙を狙うなどは、事情に明るい者の仕業にちがいない。

社宅は一時緊張した。どの家でも2重鍵をつけ、連れだって買物に出ることを止めた。江分利が蔓バラを植えたのはこのためもあるが、思うようには蔓がのびない。

犬を飼うことになった。江分利の妻夏子（34歳）も乗気だったし、庄助は大喜びだった。庄助は本屋（貸本屋でなく）で『犬の飼い方』という本を買ってきた。『犬の飼い方』は哲学書みたいに難解であったが（このテの本はみな難解であるが）庄助はともかく読了した。「エアデル・テリヤがいいよ、絶対エアデルだよ」と彼は興奮して言った。犬に関して彼は権威者だから従わざるを得ない。それに東西電機の販売促進課長松野がエアデル・テリヤの雌を飼っていること知っていたので、内心ホッとした。エアデル・テリヤは『わんわん物語』という漫画映画の主人公ノラのモデルであり、忠実でオッチョコチョイという性癖は江分利も気に入った。

暮のうちに江分利はサントリー・オールドを1瓶さげて松野の自宅を訪れた。意外にも松野のエアデル・テリヤは、展覧会で入賞したこともあるとかで、犬仲間では知られた血統であった。さんざん聞かされたかわりに、江分利は手土産のウイスキーを全部飲み、1月の末に生まれるという1匹を貰う確約をして帰ってきた。

2月のはじめに、松野は江分利の席へ来ていった。どうしたことか生まれたのは雄が1匹で、あとの5匹は雌だった。生まれた仔のうち雄の1匹は、番った相手に返す規則があるという。

「だけど、雌のほうがおとなしくて飼いやすいんだぜ」と松野は教えた。

江分利家では毎夕食後、犬小舎についての論争が絶えなかった。庄助は『犬の飼い方』に出ている「2部屋式」を主張した。夏子は2部屋なんてゼイタクだから、1ト間にして江分利が日曜大工すればよいという。江分利は、犬屋に相談して造らせろという。丸屋根か三角屋根か、囲いはどうする、どこに置くか、ペンキの色は……

犬は、まだ来ていなかった。2ヵ月ぐらいは親のそばに置いたほうがよいというので、情報だけ時々聞いていた。

3月の半ば頃、江分利が会社から帰ってくると、庭の芝生の上に赤い屋根の犬小舎があった。

「僕が、見つけたんだ」と庄助が頬をふくらませた。

「庄助が見つけたのよ」と夏子がいう。

「私、ビックリしちゃった。今日、高島屋へ行ったら、犬小舎を売ってるのよ、ね、驚いたでしょう、デパートって犬小舎まで売ってるのね。あんまり可愛らしいから買ってきちゃったの、車に乗っけて……」

4月に入って、そろそろ仔犬を貰いにゆこうと思っていたある日、夏子はいった。

「ねえ、私、いろいろ考えたんだけど……」

江分利はドキンとした。夏子がシンミリするのはよくない知らせにきまっている。

「私、いろいろ考えたんだけど……犬を飼うのは止めるわ。だって餌をやるのが大変だし、それに雄ならいいんだけど、雌だと庄助の教育にも悪いし……囲いがあったってダメだっていうわよ。囲い越しにするんだって……旅行にだって出られないでしょう?」

「庄助は、どういってるの?」

「この間まで散歩は僕が連れて行くって張りきっていたんだけど、よく調べてみたらエアデル・テリヤってとても大きくなるんですってね。庄助の力じゃ引っぱれないってことが分ったら、僕、よすって……」

江分利家の庭には赤い屋根の犬小舎があって緑の芝生とよく調和しているが、犬はいない。販売促進課長が江分利をバーに誘う回数もめっきり少くなった。

■なんにもなくてもよい

辺根家の雑草庭園の話が出たとき、夏子は言った。

「あの人たちは、なんにもなくてもいいのよ。2人だけで充実してるのよ。とても庭どころじゃないのよ」

辺根は新婚6ヵ月である。

江分利は、その頃を思い出した。江分利満（35歳）夏子（34歳）庄助（10歳）という年齢からおして、彼等の早婚が分るだろう。江分利は昭和24年5月28日に22歳で（もっとも昭和24年は満年齢の法案が可決したばかりの年だから、正確には数えの24歳だが）結婚した。これが結婚といえるかどうか、江分利の家も、夏子の家も完全にへたばっていた。両家とも2人が家を出た方がプラスになった。夏子が銀座の洋裁店で縫子として働く給料が4千円、江分利の給料が8千円、夏子も江分利も独立することは出来ず、2人あわせれば千2百円の間代を払ってかつかつに暮しがたった。これでは結婚するより仕方がないではないか。今の結婚とは、まるで違っていた。

前日の5月27日、江分利は床屋で目をさましてビックリした。彼は子供の時からヒタイを剃ったことがなかった。剃刀をいれない自然の眉が好きだったのに、鏡にうつった顔は眉がピンと直線になっていた。まるで覆面をとった嵐寛《あらかん》寿郎みたいな顔になってしまったではないか！江分利は、数日来の緊張のために、額を剃らぬように告げるのを忘れてねむってしまったのだ。

床屋を出て大通りに出たとき、花嫁行列を見た。通りのこちら側から向いの家に嫁入るらしく、角隠しをつけた女が黒紋付にかこまれて大通りを横断していた。左右の車を警戒しながらゆっくりと、しかし小走りに、花嫁はカンザシを揺らして走った。江分利たちは新郎新婦のイデタチをしない約束をしていたが、夏子は、いっぺんああいう恰好をしてみたい、と洩らしたこともあった。

裏山の氷川神社が式場で、社務所で披露宴が行なわれた。仲人の山内教授は折詰にあったバナナを珍しいといって、食べずに持ち帰った。

江分利たちは7千円持って熱海へ行った。熱海へ行ったのは、余程心にユトリがなかったせいに違いない。予約もしてなかったので方々でことわられた。翌朝、すぐお勘定してもらって、文京区関口台町の菓子屋の2階へ帰った。熱海では珍事があった。朝、江分利の越中褌がどこをどう探しても無いのである。江分利は、宿の女中が新婚と察して縁起をかついで盗ったと速断したが、こんな縁起は聞いたこともない。ただ当時は江分利のような東京生まれの人間でも越中褌をしていたことに注意されたい。

関口台町の菓子屋の2階、北側の4畳半1間が江分利の新居である。東側の欄間に「万物光輝を生ず」西側に「終始一貫」という横額があり、それが「臣道実践」でないことを喜んだ。昭和24年は、松川、人民電車、平事件、下山事件の年であり、すぐ裏側にも2階屋があって共産党員の兄妹が住んでおり、夕方になると『シベリヤ物語』の主題歌が細々と聞かれた。「ブルジョワだっていう話だったけど、ロクなもの持ってないわね」と妹の方がのぞきこむようにして言った。

江分利はタメイキをついたり、独りごとをいうようになった。飲み屋で焼酎やバクダンを飲んだ。飲めば誰彼かまわずにからんだ。宿酔で、よく会社を休んだ。中年の裕福そうな女性を見るとすぐ腹を立てた。彼女等は、よく道で立話しながら屈託なさそうに笑った。いったい、いつの日に夏子がその高笑いを獲得できるか、江分利もともに笑うことが出来るのは何時の日か、彼は全く自信がなかった。

江分利と夏子はよく喧嘩した。2人で散歩に出て、ひょいと見ると、夏子は百メートルも後ろに立ち止まっていることがあった。江分利はそのまま家に帰り、夏子は2時間も経ってから帰ってきた。新婚6ヵ月で江分利は、どうやってこの女と別れようか、と真剣になって考えた。しかし次の日には、その頃はやった「東京の屋根の下」を2人で歌った。「なんにもなくてもよい口笛吹いていこうよ」という条をくりかえし歌った。

12年経った。東西電機は一昨年あたりから電化ブームの波に乗った。今年も7月を待たずに、扇風機、電気冷蔵庫が売り切れた。戦後のストで潰れかかったことや、社長が自ら旗を持って小売店を廻ったことなどウソのようである。

しかし、このモダンなテラス・ハウスでの新婚生活とは、一体どんなものなんだろう。江分利には、実際のところ、分らない。実感として湧いてこない。だが、心のスミのどこかで、結婚なんてそんなもんじゃないぞ、という思いはある。婦人雑誌が特集するような、新聞やテレビが結婚シーズンに教えてくれるような、ウエディング・ドレスや7泊8日の新婚旅行や寝室のムードや「新しい披露宴の仕方」やリビング・キッチンや新家庭朝のお献立やテラス・ハウスや三面鏡やコーヒー・セットや、それだけが結婚じゃないんだぞという思いはある。

不安と焦躁と反撥と労わりあいみたいなものが江分利の新婚6ヵ月だった。それがずいぶん長く、10年以上も続いた。いつ頃からかはっきり分らないが、江分利は夏子と庄助を自分の妻として自分の伜として愛すようになった。それを広言するようになった。夏子も時折、屈託なく笑うようになった。それが江分利には不思議である。実に不思議なのだ。

おもしろい？

## ■重苦しい朝

江分利の前で釣革につかまっていた男がアァと小さくため息をついた。左手を釣革からはずし、目を右手に持った『英語に強くなる本』から左手首に移動した。

「アァ、8時、か!」

それは江分利だけにしか聞こえなかったようである。江分利はすぐに男の失策に気がついた。なぜなら、いま8時なら、男はため息なんかを吐く必要がなかったからである。

1分。2分。男は本から視線をそらして窓外を見た。(気がついたな! どうするか)アァと小さくため息をつく。釣革から左手をはずす。(やるか。やる気か? よせよ。君、そんなにまでしなくたって……)しかし、男は遂にやったのである。セイコー自動巻を近づけて、

「アァ、9時、か!」

横浜と渋谷をつなぐ私鉄が田園調布を過ぎた所だ。

8時と9時では、車内の空気がまるで違う。8時はムンムンしている。活気がある。ポマー

ドが匂う。手提鞄の御下《おさ》げがいる。スポーツ紙が5人はいる。(血まみれ力道、大いに怒る。「力道山を怒らせたのが外人選手の敗因でしょう」)六法全書も単語カードもいる。「3暗刻のドラドラドラでよ、また山本さん3万点敗けよ」「よしゃいいんだよ、いい歳して」

9時はどうか。9時はヒッソリしている。坐れることもある。冬が近づくと毛糸のチョッキが乗りこんでくる。そもそも毛糸のチョッキとは何者であるか?

平社員と課長とはどこが違うか。会社勤めの男たちは知っている。しかし、女たちは、夫人たちはまるっきり知らない。

収入?ご冗談でしょう。課長には付き合いがある。部下《スタッフ》のおだてに乗る必要もある。安っぽい酒場へ行くわけにはいかない。来客にそなえて上等のウイスキーを常備しなくてはいけない。夫人にオードブルのつくり方を習わせなくてはいけない。ピアノとステレオがいる。スピッツを飼わねばならぬ。娘は私立へ入れる。家庭教師がいる。10日に1度は散髪する。既製服では困る。夏冬のモーニングがいる。靴下はウールでありたい。ネクタイぐらいはスコッチかカルダンをはずむ。真珠のネクタイ・ピンがいる。縁なし眼鏡と鰐のベルトがいる。一枚革の財布に畳まない5千円札をのぞかせなければならぬ。しかし自由になる金といったらほんの僅かなのだ。「ベルリンの問題だがね、毎日の角田に会ったら……へええ、ジプシー・ローズが池袋でね、驚いたね……時に君、ヘミングウェイは自殺かね……」悲しいのである。

平社員と課長とはどこが違うか。課長のお茶には茶托がつくのである。笑ってはいけない、事実なのだ。まさかこんなことを家で報告する男もいないだろうから、夫人たちは知らない。たとえ陸軍旗と海軍旗とをぶっちがえた株式会社東西電機創立30周年の記念茶碗であろうとも、茶托がつくつかないで一線が劃される。

課長には、朝、熱いオシボリが出る。胃の悪い課長には三共胃腸薬かシロン。宿酔とみればグロンサンの試供品か新グレランが1錠半。（1錠半というところが泣かせるではないか、いかにも実がありそうで。10錠入を1錠半ずつ飲むと最後はどうなるか）鉛筆はピンと尖っているし、赤青は使いやすく先端をまるめてある。机の上には大きな硝子の一枚板（冬は冷たくないかな）があり、都内交通図と昨日のテレックスと試写会の招待券が見える仕掛けである。課長の椅子は同じネコスでも肘掛け付きである。次長のは同じ肘掛け付きでも肘に白いカバーがついている。部長のは肘にも背中にも模様のついたカバーがあり、クッションがある。課長以上は会社の車を自由に使用できる。課長以上は来客用のＷＣを使用できる。課長以上の来客にはコーヒーと菓子がでる。

9時の電車には毛糸のチョッキが乗りこんでくる。これが課長なのだ。課長の服装はあまり粋すぎてはいけない。むしろ、一寸野暮であることが希ましい。毛糸のチョッキが似合うようならしめたものだ。待合の接待費はきれないから、そこでいや味をいわれることもない。

9時の電車は縁なし眼鏡とネクタイ・ピンと毛糸のチョッキである。彼等はタイム・レコーダーを押す必要がない。ガチャン・ピーンがない。

「……ハバネラから鶴へ廻ってね……」

「いつものコースか……」

「エスカルゴでみんなを帰して、最後はボナールさ」

「ご熱心なことで……」

「そんなんじゃないんだ、六本木で飯くって、慶子を四谷へ送って……」

「へぇえ……」

「ちがうったら、惰性だよ、これは」

東西電機の始業は9時であるが、20分間のアロウアンスが認められている。9時20分までに出社すれば遅刻にならない。江分利はそれにも間にあわないのだ。

「アア、9時、か！」と呟いた男は、渋谷の地下鉄の雑踏にまぎれていった。江分利が丸の内線東京駅に着いたのが9時35分、旧丸ビルの脇を郵船ビルを右に見て左へ折れる。エレベーターはあるのだが、4階までわざと歩いてあがる。遅刻常習犯には、それがふさわしいように思われる。受付嬢がわずかに頭をさげる。毎日のことなのだが、江分利はあわててタイム・カードを取り損う。ガチャン・ピーン。みんなの視線が背中に集まる、ような気がする。

江分利はなぜ遅刻するのか？　朝寝坊なのか？　朝飯が長いのか？　ヒゲ剃りが長いのか？いずれも否である。8時に家を出ればよい所を7時に起きるのだから、決して朝寝坊ではない。朝飯はめったに食べたことがない。ヒゲも剃らずに出ることが多い。

では、何故か？　江分利にもよく分らない。商売柄、新聞は朝、毎、読の3紙をとり、自然広告欄は時間をかけて見る。しかし、これもたいしたことはない。江分利はついウカウカしてしまうのだ。学校の頃から、そうだった。学校のすぐそばに住んでいて、よく遅刻した。

江分利も勇猛心をふるい起こそうと思ったことがないわけではない。朝、起きてから、家を出るまでに、吾人は何をなすべきか？　順序はどうか？　家を出るには最低何が必要か？

裸で会社へ行くわけにはいかない。だから、まず、朝起きたら洋服を着ることだ。次に携帯品だ。携帯品はどの順序で重要であろうか。財布、つまり金だ。定期券。手帳。ハンカチ。ハナカミ。タバコとマッチ。これでよい。次にWCだ、折角早く出ても途中で現象が起こったら九仭《きゅうじん》の功を一簣《いっき》に虧《か》く。次に洗面。新聞。食事。これでよい。

これでよい? これでいいか? ちっともよくはない。

考えてもごらんなさい。朝パッと目覚めていきなり洋服を着られるかね。正装でWCに蹲まれるかね、バカバカしい。ネクタイしめて歯をみがけるかね。そんなことは江分利という一個の「人間」に対する侮辱ではないか。

朝7時、目を覚ます。朝、毎、読をとってくる。寝床の中で読む。夏子がコーヒーを持ってくる。庄助と話しこむ。「おい、そのヒザッコゾウのケガはどうしたんだ」。催してくる。顔を洗う。テレビをつける。(このお嬢さん、何かに使えないかな。「便利さがいっぱいの〇〇デパート」ひどいコピーを読まされてるな、可哀そうに) あ、佐藤の奴、もう出て行くな。川村もだ。ま、行く奴は行け。「おい、洋服だ! 何にしようかな」「何にしようかなって言ったって2着しかないじゃないの」「じゃ、どっちにしようかな」「茶の靴が傷んでますから、紺のほうが……」「ワイシャツは?」「あ、それ、カフスが、ないの」「じゃ、白にしよう」「一寸待ってください、アイロンかけますから」ほらみろ、もう間にあやしない、いっそのこと、読書欄をじっくり読むか、あわてたって仕方がない、ま、いいじゃねえか。

背丈ほど高くのびていた夏草が、白くなって倒れているのを踏みしだきながら、江分利は小径を突っきって行く。

「娘と私」のテーマ音楽が流れてくる。8時40分だ。江分利の朝の気持はいつも重苦しい。重苦しさと、現実に遅刻することによって給料や賞与を差し引かれていることで、江分利の罪は償われているか。いや、そうはいかない。チーム・ワークを乱していること、朝の空気を乱していることは償いようがない。江分利は、そう思うと、一層心が重苦しいのだ。35歳にもなって、朝の順序を考えるとは何事デアルカ。アホヤネエカ、お前は。

■江分利満の親友について

江分利の東西電機における一番の親友は吉沢第五郎である。吉沢は経理課員で、身長5尺8寸以上あり、姿勢はあくまでも正しく、眼は大きく澄んで、容貌は大映の高松英郎に似ているが、はるかに男らしく美しい。

朝はダメだが、飲まない日は、江分利は吉沢と一緒に帰ることにしている。8月に吉沢家に子供が生まれた。

「どうだい赤ん坊……」

「………」

「泣く？」

「泣いて泣いてねえ」

「夜中に泣くのか？」

「夜中に泣いてねえ」

「起こされちゃうの？」

「寝てられへんねん」

「夜中起こされて、どうするの？」

「夜中起こされて、何もすることあらへんねん」

江分利は思わず吹き出した。赤ん坊が生まれて75日間、何もしちゃいけないと江分利が「鼻紙の用意七十六日目」という末摘花《すえつむはな》のバレをもちだして吉沢に冗談言ったのを守っているらしい。


江分利が庭に芝を植えたとき、吉沢はボンヤリ見ていた。何日か経って吉沢がやって来て、自分の所も芝にしたいが、どのくらいかかるか、実際に芝はよいものかどうか、芝を植えると転勤になるというジンクスはほんとか、ビッチリ植えるのと市松模様にすかして植えるのとどっちがよいか、と訊く。

結局、吉沢は市松に植え、ていねいにていねいに植えたから、キレイに生えそろった。

江分利は横浜の元町へ行って450円出して芝刈鋏を買ってきた。

江分利がハサミを使っていると、吉沢がやってきて、幾らで買ったかと訊く。こんなもの滅多に使わないから、持っていったら、というと吉沢は、芝を刈ると切れなくなるから、それじゃ悪いという。かまわないから使ってくださいというと、錆びるから悪いという。

「錆びたっていいじゃないの」

それでも、吉沢は30分ばかり立って江分利が芝を刈るのを見ていたが、突然、叫んだ。

「そうや、家《うち》には砥石があったんや！」

吉沢は芝刈鋏を持って帰り、自分の所の芝を刈り、その夜のうちにピカピカに砥いで油を敷いたうえに、紙の鞘まで造って返しにきた。

福岡から帰ってきた吉沢が、出張旅費が余ったから飲みに行こうという。

「行きつけのいいバーがあるねん」

そこへ行く前に江分利は〝トンちゃん〟へ寄ることにした。会社にいる間につまらない冗談を思いついたからだ。

「ねえ、トンちゃん、ずい分会社の連中をお宅へ連れてきたけど、おなじみになったのは1人もいないでしょう。どうしてみんなトンちゃんのよさが分らないんだろう」とおだてておいて「どうもうちの連中は器量だけしか見ないから」とさげようという魂胆である。そして、その通りをトンちゃんに言った。（バカだね、ほんとに）

〝トンちゃん〟を出たとき吉沢は暗い顔になっていた。

「江分利さん、トンちゃんて美人じゃないの」

「そうかねえ、ま、一種の美人かもしれないけど……」

「美人ですよ、すごい美人ですよ」

吉沢の行きつけは、自由ケ丘で降りて、いったん暗い所へ出て右に廻った角にあった。バー〝こまどり〟。

スウィンギング・ドアを押して入ったとき、江分利は吉沢の言葉を諒解した。

〝こまどり〟は、江分利が水割りを注文したのに「まあ、そんなことおっしゃらないで、お近づきのしるしに」と言って無理にビールを注いだ。銀座のバーとは逆である。銀座ではビールだとせいぜい2本しか飲めないから決してビールをすすめない。場末のバーではストレート1杯か2杯で喫茶店がわりにやってきて百円でオツリを貰って帰る客もあるから、ともかくビールで2百円払うのは上客になるのである。吉沢が江分利を同僚だと言って紹介すると〝こまどり〟は言った。

「まあ、お供《とも》は辛いですねえ」

江分利は吉沢の言葉を二重に諒解した。

■ホワイト・カラー

江分利は身上調査表の趣味欄に散歩と書くことがある。

しかし、散歩とは、いったい何か？　昭和19年発行新訂版「広辞林」によれば、さんぽ【散歩】（名）そぞろに此処彼処を歩むこと。あそびあるくこと。そぞろあるき。（遊歩）とある。するど、1本道をドンドン歩くのは散歩であるのか、ないのか。セカセカ歩くのは散歩であるのか、ないのか。井ノ頭公園に散歩に行くのは、行きつくまでの行程は散歩ではなく、公園の中を歩くことだけが散歩なのか。その辺がどうもアイマイである。

江分利と夏子と庄助は、その日、塔をめざして歩いた。それは東西電機の社宅の2階から見える小高い丘の上に建っていた。

塔は、1年前には、そこになかった。突然建ったように思われる。

丘の上にたって、江分利は、塔と、塔を取り巻く巨大なアパート群とスーパーマーケットと小学校を発見した。団地だ。

「雀ガ丘団地ってのは、コレカア⁉」と江分利は感嘆した。塔は給水塔であるかもしれない。江分利はすぐ妙なことに気付いた。日曜日の朝の10時。実に人が少いのだ。マーケットに女性が3人。ローラースケートの子供が1人。これだけだ。

雀ガ丘団地は約2千世帯と聞いている。変じゃないか、これは。

江分利は、それを、こんなふうに解釈した。公団住宅では家賃の5倍から5倍半の収入が入居条件である。家賃を7千円から1万2千円とすると、平均5万円ぐらいを収入とみることができる。家賃を除くと約4万円になる。

4万円の若夫婦はどうやって暮すか。まず将来に備えて、5千円は貯金をしていただきましょう。生命保険に2千円。英会話か自動車の教習に2千円。交際費に3千円。御主人の小遣いが1日2百円として6千円。衣料費に3千円。電気冷蔵庫かステレオの月賦が3千円。書籍、映画、旅行積立など3千円。これは、まず、モダン住宅に住む若夫婦にとっては仕方のない数字だ。不意の出費は考えないことにしても、残りは1万3千円、1日を約4百円で暮さなくてはならない。ガス・水道・電気・管理費もその中から払うのだ。子供でも生まれたらどうする気か？ それに、若くて手取り5万もくれる会社なんて、そうザラにあるものではない。ほんとはもっと辛いか、親がかりかのどっちかだろう。

だから、と江分利は考える、だから今日みたいな給料前の日曜日は部屋のなかでジッとしているのかもしれない。若夫婦のことだから、もっとヤヤコシイことをしているのかもしれない。するると江分利には、この巨大なアパート群が巨大ななまぐさいエネルギーのかたまりのように見えてくるのだ。

江分利にしたってそうだ。本給3万6千円、諸手当をナンダカンダ加えて、税金やら失業保険やらナンダカンダ引かれて、手取りはやはり4万円である。そこへもってきて入院中の父に平均1万円はかかる。庄助の英語の稽古と家庭教師で6千円。夏子の長唄で2千円、ナンダカンダで稽古事で1万円はかかる。これを贅沢だというか！　贅沢じゃない。止めろという奴があったら表へ出ろ。

江分利家は2万円で暮らさなければならぬ。ボーナスは、借金の返済と衣料費と月賦（ボーナス月に多額という支払い方法による）で消える。2万円で3人というのはおそらく山谷のドヤ街、西成区釜ケ崎以下であろう。これがホワイト・カラー（もし江分利の生活もしくはやり方をホワイト・カラーと言えるなら）の実態なのだ。

江分利には不思議なのだ、みんなが、いったい、どうやって暮しているのか、ほんとに自分たちだけでやっていけるのか、会社の辺根や川村や佐藤や矢島や吉沢は、どうやって暮しているのか、友人の上田や守谷や波多野はどうなのか、江分利には分らない。みんなどうしてあんなに涼しそうな顔をしていられるのか。もし、江分利と同じなら、君たちも釜ケ崎以下じゃないか？

江分利に強味があるとすれば、貧乏に狎れている点だろう。実際、江分利家には百円の金も副食物も無くなってしまうことがある。さいわい、3人とも少食（アリガタイネエ）だから米だけは切れぬ。なんにもなくなって夏子が福神漬（酒悦ダヨ）の残りを油いためしたことがある。ハスやなんかはダメだけど大根は無限に大きく復原するもんなんだ。こいつはイカスねえ！

ある夜、吉沢が折詰を持って玄関のブザーを鳴らした。

「お七夜に、君が、赤飯をくばるもんだって言うから」

「わるいこと言ったなあ」

「上等なんじゃないけど、近所であつらえたんだ」

「そりゃどうも」

福神漬と即席ラーメンに飽きた庄助は玄関をすぐしめて、むさぼり喰った。

江分利家は、ほんとに楽じゃない。それに江分利は「飲む」のである。

## ■おもしろい?

5時に終業の電鈴が鳴るが、5時半ぐらいまではグズグズしている。

ここが肝腎なのだ。つまり、精神的にも経済的にも肉体的にも「飲める」状態にある者と、そうでない者とがある。前者と前者の目があえば問題はない。イク一手だ。

しかし、なんとなく言いそびれることだってある。アイクチがわるい者もある。

前者と後者、これがむずかしい。つまり、誘われれば飲んでもよい位の状態と、ムリヤリ誘われれば飲めないこともないという状態と、今日はゼッタイ飲まないぞ、しかし……という状態と、さまざまである。

辺根と佐藤は前者のようでもあったが、早く帰った。川村は残業である。吉沢も、また〝トンちゃん〟ですか、といって帰った。矢島は、これが曲者なのだが、ゆっくりと上着を着て机の上を整頓して、レインコートをゆっくり着て、

「じゃあ……」

といって帰った。

お互いに言い出しそびれたような感じでもあった。しかし、どうだい、いくかと言ってみて

「実は、今日は……」

とやられるくらい味気ないものはない。

最後に柳原と眼があった。コンビで仕事をしている以上、帰社時間が同じになるのはやむをえない。

「やだよ、俺は。飲んだっていいんだけど、どうも、君と飲むとね……」

荒れるから、の意味らしい。まあ、いいさ、とうとう1人になった。おとなしく帰るか。しかし、夏子に今日は飲んで帰るよといって出た手前もある。江分利は1週にいっぺんは大酒を飲む。結婚以来のならわしだ。……誓って家を出たからは……

江分利はジョン・ベッグでサントリーの水割りを2杯飲んだ。おもしろくない。おもしろくないといえば、江分利にとっては、この頃は、何をしてもおもしろくない。35歳という年齢のせいだろうか。無気力である。

江分利は東西電機宣伝部の野球チームの監督をしているが、ゲームのあるときだけが、おもしろい。あとはおもしろくない。

「君は、おもしろいかい？」

江分利はジョン・ベッグのマスター兼バーテンダーに訊いてみる。

「ええ、まあ……」とアイマイに笑う。

トンちゃんで水割りを3杯。

「おもしろいわよ。ねえ、おもしろいじゃないの、カジヤマさん！」

トシコでハイボールとオン・ザ・ロックス。

「ねえ、君、おもしろいかい、お客なんて毎日おんなじこと言うだろう。たとえばだよ、ホラ、君、眼の下が蒼いよ、過ぎるんじゃないなんて、おもしろい？　それで……」トシコは笑って答えない。こいつはいつも笑ってるなあ。

江分利はブルー・リボンのドアをあけた。正確に言うと、制服のドア・ボーイが開けてくれたのである。

ブルー・リボンは銀座でも最高級のバーである。江分利のようなホワイト・カラー（？）が入れる実業家と政治家と流行作家しか来ない。どうも人を見るか？　入れるのである。カウンターで飲んでいるかぎり、そんなに高くはない。どうも人を見て請求書を書くような気がしてならぬ。江分利のように自前で飲む客は稀だから、すぐ見抜いてしまうものらしい。そうでなくて、やっていける筈がない。モテルカ？　モテルのである。

ブルー・リボンの客はだいたい50歳前後だ。つまり、江分利には稀少価値がある。親身に内緒事を打ちあけられる相手だ。（しかしこれは厳密にいうとモテているのではない。江分利がモテナイことはあとでまた書くが、美人と話をするとすぐ退屈してしまって、それが相手に分ってしまうらしい）

水割りとオン・ザ・ロックスとストレートを飲んだ。

「変な人ねえ、だんだん強くする人なんてはじめてよ」

とヨシ江が言った。

「エブちゃん、あたしダメなの。なにしても面白くないの。死んじゃいたいの。でもお店も止められないし。おもしろくないの」

と寛子が言った。

「でもねえ、寛子死んだっていいんだけど、弟がいるでしょう、だから死ねないの。もう一寸かせがなくちゃ」

江分利はストレートのお代わりをした。

「あたしねえ、ほんというと、エブちゃんに悪いけど失恋したのよ、ほら土曜日休んだでしょう、箱根行ったのよ。そこで言われちゃったの、寛子のこと好きじゃないって、ゴメンネ、こんな話」

江分利は新橋駅前のリボリへ寄った。日本酒を冷やで2杯。客とも女給とも見分けがつかない、首から下をべったり白く塗ったのがカウンターのなかで言った。

「おもしろい、おもしろくないって、おかしなシトねえ、キザったらしい……あたいはねえ、黒犬よ」

江分利は、もう飲めなかった。

「クロイヌう？」

「そうよ、あたいは、黒犬よ。いい？　尾も白くないっていうのよ、分った？」

「オモ、シロク、ナイ……」

江分利は表へ出てから、少し吐《は》いた。

# マンハント

## ■いで立つわれの……

江分利の服装に関するかぎり、戦後はまだ終っていない。

肌着からいくと、まずパンツは、3枚百円の「気軽《きがる》パンツ」である。なぜ気軽かというと、前後がないのであって、つまり、前とか後ろとかを気にしないで気軽に穿くことができるからである。2枚の白い布を合わせてゴムをつけただけであるから、前後を反対に穿くことはあり得ない。戦前は物価が安いのでかなり賑わった麻布十番商店街で購入したものであるが、その後あまり見かけないところをみると、評判がわるいのかも知れない。

シャツはランニングであって、肩のあたりは虫喰いやら綻びが目立つ。そこだけを見ると、歴戦の連隊旗のように辛うじて布であることが識別できるといった部分もある。さすがに今年の夏、夏子が新しいのを買ってきたが、江分利の腹が急にでてきたのを配慮して、L判を買ったのが失敗だった。江分利は極端な撫肩である。従って胴のあたりはピッタリであるが、胸あきがたれさがって、乳頭が出てしまう。なんともだらしがない。そこでふたたび連隊旗にもどる結果となったのである。

ワイシャツはどうか？　東西電機のロビーで江分利に面会を求めた人は、彼が夏冬ともワイシャツの腕まくりをしていることに気がつくだろう。

一昨年ごろから、カフスのワイシャツが流行した。江分利も、その時からほとんどカフスのワイシャツに変え、丸ビルのなかの洋品店の特売日に120円でカフス・ボタンを買った。そのボタンを昨年の冬に紛失してしまったのである。実を言うと江分利は家を出るときから腕まくりなのである。ランニング・シャツとちがって、じかに見えるから、ボロボロの奴でよいというわけにはいかない。江分利の腕まくりを見て、仕事に精励していると早合点してはいけない。

次はズボン。（ズボンのことは正確にパンツと呼びたいのだが、そうなると、パンツのことをなんというか知らないので、ズボンはズボンとしておく）ズボンはアメ屋横丁で買ったカアキイ色のアメリカ陸軍将校用の、軍服である。裏をかえすと、どういうわけか、マジック・インクやスタンプや染めやらで、ヤタラに数字が書いてある。たしか、3千5百円を3千3百円に負けさせたような記憶がある。

このズボンにあわせるネクタイには最も苦労した。友人の誰彼に、ズボンにあわせたカアキイ色の、つまり枯草色のネクタイを見つけたら、知らせてくれるように頼んだ。見つけてくれたのは、凸版印刷銀座営業所の山本洋一さんで、銀座御幸《みゆき》通り、文藝春秋新社別館の向いにあるルノアールという店に同色のネクタイがあるという。英国製で千5百円だった。今年に入って枯草色はイタリアン・グリーンとかなんとかで街に氾濫するようになったが、それは江分利の知ったことではない。

ベルトは、なんとなく家にあったのを着用している。

上着は、終戦のときに、配給になったのか、闇で流れたものか知らないが、日本海軍の軍服用の布地を仕立てたもの。日米を問わず軍服の長もちするのは驚くほかはない。

靴下は、会社宛にくる中元・歳暮を皆で分けたもの。従って致し方ないがナイロンの柄物である。

靴は黒2足、赤1足でローテーションを組む。全部オーソドックスな紳士靴で、10年選手だから、いつどこでいくらで買ったか憶えがない。エース格の赤靴の登板数が多いが、それでも手入れが悪く、銀座の靴磨きにことわられたことがある。なるほど江分利の靴は少々のクリームでは受けつけないほど、かさかさに乾いている。エース格でそれだから、黒靴は推して知るべしである。2番手の黒靴はまあまあとして、残る1足がたいへんなシロモノで、もっぱら晴天用である。左足の裏に穴があいていて靴下の地模様がすけて見える。江分利は、その靴で捨てた煙草を踏み消そうとして、思わずキャッと言って飛びあがったことがある。この靴に関して言えば隔靴掻痒という言葉が蒼ざめてしまう。

無帽。

アメリカ製中古のレインコート。

他に膝のぬけたドスキンの上下、頂戴物のウール、色はミッドナイト・ブルーの三つ揃え、これが江分利の冬の服飾のすべてである。オーバーは着ない主義である。

江分利は服飾に関心がないのか？　そうでもない。現状に満足しているのか？　いや、そうでもない。靴下やカフス・ボタンが買えないほど困窮しているのか？　いやそれほどではない。まあ、仕方がない、ぐらいの気持である。衣料費は飲み代で消えているのだろう。それにしても江分利の服装は東西電機のなかでも評判になっている。いつだったか、総務課の柴田ルミ子がやってきて、思いつめたような表情で「江分利さん、死んだ兄のネクタイがたくさんあるんですが、よろしかったらお譲りしましょうか」と言ったことがある。江分利は好意は好意として、内心のフザケルナという表情をかくせなかった。江分利にも自負があるのだ。この際、江分利のために若干の弁明を加える必要がありそうだ。

まず、パンツである。気軽パンツ、結構ではないか。この頃は色物や柄物が出廻っているが、あんなものに何のイミもない。スポーツマンでもないのに、大事そうにサポーターで押さえているのも滑稽だね。大事なものにはちがいないけれど……しかしさも大事そうにしているのはどうかと思うネ。

ランニング・シャツ。冬もランニング・シャツというところがいいじゃないの。ラクダのシャツよりもいい。少なくともラクダまがいのシャツよりも数等いい。

カフス・ボタンについて。実は江分利はカフス・ボタンを買いにデパートや洋品店を歩いたことがある。はじめのデパートで江分利は金の無地の正方形のものを見てしまった。1万7千円。いい姿だったね。これでもうダメである。何を見てもゾッとしない。金無地がちらつくだけである。といって、カフス・ボタンに1万7千円出すだけの気持のゆとりがない。されば、と思って、失くした120円のかせめて200円ぐらいまでのもので、趣味のよしあしを問わず、値段につられて買おうと思っても、これがもう無いのである。妙な値上りムードを江分利は憎む。最低が500円、ちょっとした奴で千2百円はする。ところが、千2百円では、ちょっとした奴という程度に過ぎないのであって、どうだシャレたカフス・ボタンだろうという小細工が目立って、つまり、江分利の目にはサモシイ、アサマシイ形にしかうつらない。手が出ないのだ。

ズボン。米陸軍将校用は江分利の買い物としてはヒットの部ではないか。現在これを着用しているのは、魚河岸へ仕入れにいく長靴はいたアニサンたちや、野良で米などをつくるために働いている方々以外には見られぬが、そこはなんといっても人品いやしからぬ江分利のことで、かえって小意気に見える（だろうと思う）から不思議なものだ。太すぎるのが気になるが、第一に丈夫なのがいい。それはホントにあきれかえるくらいに丈夫だ。それにどうも江分利は、陸軍の枯草色、海軍の濃紺、空軍の灰色という軍隊色を好む傾向がある。軍国主義とかなんとかじゃなく、実際いい色だと思っているのだ。会社から家に帰り、ズボンと、同色のネクタイをハンガーにかけ、ベッドに寝ころんで、そいつを見ると、もしそれが土曜日の夜だったりすればなおさら、自分が、たまに休暇を貰って女の所へ遊びにきた兵隊であるような、実になんともオツな気分になってくるではないか！

上衣だってそうだ。妙に半端なこれ見よがしの既製服など着る気になれぬ。

靴下。こいつは弱いね。江分利は、厚手のウールの靴下の感触にうなされることがある。穿いて2、3日ぐらいの、靴のなかでジャリッと鳴るような感触はたまらないからね。江分利はいつも賞与を貰ったらウールの無地の靴下を2、3足と、英国製罐入煙草とを買おうと思っては果さない。

靴。これは最低だね。いくらなんだってヒドスギルよ。だらしのない江分利の一番わるい面がここにあらわれているように思われる。

オーバー。といったって持ってないのだからなんとも言いようがないが、江分利は日本の東京の冬で、オーバーを必要とする日が何日あるだろうか、という点には疑問を持っている。現に彼はオーバー無しで暮らしているのだから良く分るのだが、2月の何日間か、まあせいぜい寒い年で1週間ぐらいしかない。（スプリング・コートたあ、ありゃなんだね。一寸でもアッタカクなんて根性がいやだね。婆さん子じゃないのかね）困ったことが1度だけある。会社の忘年会が終ってゾロゾロと玄関へ立ったら、女中が青い顔をして言ったのだ。「オーバーが1着足りません」。江分利は3年前までは毎年元日に国立競技場へフットボールを見に行ったが、寒いと思ったことはいっぺんもない。

服飾に関していえばザッとこのくらいだが、どうも靴といい、ズボンといい、江分利のナリには、まだ戦後の匂いが匂っている。

これもおいおいよくなるサ。

江分利はバーで酔いが廻ってきて、まわりのこざっぱりした服装の人たちが気になりだすと「いで立つわれの……」と呟くことにしている。

「江分利さん、何よ、モグモグいって?」

「いで立つわれの、サ、おもかげぞこれ、ってんだよ」

「イデタツワレノ……」

「そうさ斎藤茂吉さ、いいかァ、〝梅の花〟とくるんだ〝梅の花咲きみだりたるこの園にいで立つわれのおもかげぞこれ〟ってんだよ、どうだ、いい歌だろう」

■オードブル

オードブルという妙なものが流行ってきた。バーへ行ってオードブルが出るとゾッとするね。酒の値段は見当がつくが、オードブルはいくらとられるか分らない。だまっててオードブルが出るバーには、だから行かないことにしているが、安手のキャバレーなんかはどこへ行っても同じものが出るから興ざめだ。裏口へ業者が売りにくるのかしら。こいつが出ると興ざめなうえに女給さんが無理に口へ持ってくるのも閉口だね。いま喰べたくないなんて言おうものなら「あらこちら、ご遠慮ばっかり……」とくるからガッカリする。(バカヤロ、誰が遠慮なんかするもんかね)キャビアなんか知らないんだろうという顔をするからなお腹が立つ。ハイボール飲んでて、オードブルがいやだから先手を打ったつもりで何か乾いたものくれ、というと、小魚の乾したのやイカクンや品川巻をオードブルスタイルで妙な葉っぱを敷いてパセリをつけて仰々しい皿に盛ってくる。これで3百円はとられるな。すると、ハイボールをあと2杯しか飲めない。なんてのは辛いなあ。こっちはピーナッツかアーモンドが少しあれば飲めるのに……。しかし、バーやキャバレーでオードブルが出るのは、まだいい。商売だからね。許せないのは一般家庭婦人のつくるオードブルだ。

酔って、深夜友人宅を訪れたとする。ネグリジェにガウンをはおった夫人が台所でゴソゴソやっている。バカに長い。ねむくなる。白々しい気持になる。だいたい、そんなときは、もう飲めないという状態が多い。ものの勢いで訪れるか、友人の口実をつくってやるための訪問である。夫人があらわれる。ほおら、やっぱりオードブルだ。ゆで玉子を薄く切って並べマヨネーズがかけてある。チーズは花模様に切ってある。フィッシュ・ソーセージが斜めに切ってある。クラッカーにサーディンやらイクラやらが乗っかっている。大皿に、5人前もある。ただでさえ恐縮しているのに、これでは手が出ない。きまずい思いで別れるということになる。

だいたい、ゆで玉子の薄切りなんてうまいかね。チーズを花型に切ったり三角に切ったりしてうまくなると思っているのかね。ソーセージだって、サーディンだって、丸のままの方がずっとうまいんじゃないかしら。こうなるといやがらせとしか思えないね。

もし、親切でするんだったら、酔っぱらいにもオーダーを聞いてほしいね。深夜の酔っぱらいってのは案外に腹をへらしてるもんなんだ。オムスビでも、お茶漬でもいい。蜆汁でもいいし、ベッタラ漬や白菜なんかもいい。

ま、酔っぱらいのことはいいにしても、上役によばれた小さなパーティなんかで、はじめに、オツマミと酒が出て、オードブルとなる。こうなると、次は、スープが出て、魚が出て、肉が出て、デザートといった期待を抱くじゃないの。だから、豪華なオードブルでも少し控え目にするわけなんですよ。

ところが、意外にもオードブルのあとは、いきなり湯豆腐がアルマイトの鍋でじかに出るなんてのはどういう料見なのかね。そのうえ座が長くなって、あとで罐詰の大和煮なんか出てくるのはワビシイなあ。

オードブルってもんは大変なご馳走で、それだけでいいと思ってるんじゃないかな。だから足りなくなってあわてて家の人の分の湯豆腐が出たりするんじゃないかな。それともオードブルに対する妙な憧れみたいなものがあるのかしら。どうも変だな、あんなに手間がかかって飾りつけが大変で、わざわざまずくするような料理が流行るってことは。

江分利はそのことを夏子にいった。オードブルなんて金輪際つくるな。ゆで玉子は丸のままでいい。チーズは厚切りに、ウインナソーセージはつながったままで、サーディンやカニ罐は罐のままでいい。マヨネーズなんかかけるな。客が来たら、オムスビとオシンコを大皿に盛って出せ、それだけでいい。その季節には何がうまいか、それはどこで売っているか、それだけ知っていればいい、料理なんか知らなくていい、といった。料理を習うなら、野菜の煮方とお椀のアタリだけ聞いてこい、といった。

「そりゃ、その通りだけど……」と夏子はいう。「季節季節のおいしいものっていったって、先生はなかなか教えてくれないのよ。仕入れね、材料の仕入れについて行きたいんだけど、連れてってくれないのよ。それとね、やっぱりオードブルみたいに薄く切って並べた方がやすくつくのよ。罐のまま喰べられるカニ罐なんてとっても高いし、オシンコだって大皿に盛って出せるようなのは、とっても大変なのよ。簡単に、お料理しないで喰べられるものってのは、結局はゼイタクなのね」

## ■マンハント

会社を出たところで、江分利は手帳を拾った。東西電機の会社の手帳だから、だまってポケットにおさめた。

電車に乗ってからMEMO欄を見ると、柴田ルミ子の手帳だった。柴田ルミ子は25歳、高校卒だから、入社しておよそ7年になる。女子社員としては最古参の部に属する。柴田は明るく頭がよく、男の社員には人気があった。男の社員は重役室以下、それぞれなんとなく女子社員に対するゴヒイキができてしまうものであって、それはつまらないことでも、たとえば映画や野球の招待券を貰って行かれないとなると、自然にゴヒイキに渡してしまうことになる。従って一種のナレアイ感情が生ずるから、欠席の電話をかけるにしても、まずゴヒイキを呼び出すということになる。課長に報告してもらうにしても「江分利さん熱が8度もあるんですって。あの方、平熱が低いから大変ね」というのと「江分利さん、またお休みですって。フツカヨイじゃないかしら」というのでは大きな違いが生ずる。

柴田ルミ子は珍しく、みんなに人気があった。

それがかえって婚期を遅らせる原因になったのかもしれない。

東西電機の独身社員の間では「ビンテージ・イヤー」という言葉がはやっている。ビンテージ・イヤーというのは葡萄酒用語であって、葡萄酒のよしあしは、古い新しいに関係なく、その年代の葡萄の出来不出来によるという。女子社員にもそれに似たようなところがあって、美人才媛はある年代にかたまって入社するのだという。

「なにしろ、あの人は59年モノだからね」といういい方をする。

「柴田さんは55年だろう、ビンテージ・イヤーとしちゃわるくないんだけど……」などという。

東西電機では毎年5月に、講習を終った新入女子社員が配属される。東京本社は約15名。ズラッと並んで各課に挨拶に廻るのはちょっとした眺めである。独身社員にとっては、実質上の見合いといえぬこともない。これが、固さがとれ、急に女らしくなり、眼が輝きだすと、誰それとの婚約発表ということになる。そう思うと、江分利だってジンとくる。ウマクヤレヨと声をかけたくなる。

江分利は電車のなかで柴田ルミ子の手帳をパラパラッとめくってみた。柴田さんならいいや、という気持がどこかにあった。

スペアの白頁の最後の所で、江分利は思わず声をあげた。男の名前がキッチリこまかくならんでいた。全部東西電機の独身社員であった。大阪支店、横浜支店の男の名もあった。最近結婚した鹿野宗孝の名は斜線で消してある。名前だけではない。年齢・出身校・資産・係累・特技・趣味が書きこんであり、総合点らしいものが○や△で表わしてあった。「これは1人だけの知恵じゃない」と江分利は思った。なにか情報網があるにちがいない。女子社員の誰かが1人の男と親密にする、そして調べあげた結果を昼休みの喫茶店などで報告してお互いに情報の交換をするのではあるまいか？　そうでなくてはこんなに精しく知っているはずがない。江分利は恐しいような気がした。女子社員にとって、結婚は第2の就職であり、人生を決定する大事だから慎重になるのは当り前の話なのだが……

マンハントとかボーイハントとかいう言葉が、新しいことのようにいわれるのを江分利は不思議に思う。これは昔からあったごく自然の現象なのではないか？　男がひっかけたとか、モノにしたとかいうのは逆であって、男はいつもひっかけられているのではなかろうか？　アベル・エルマンの「最初に踏みきるのは常に女性である。そして、そうでなくてはならない。なぜなら彼女たちから口を切ってくれないかぎり、彼女たちに対するわれわれの食欲を、彼女たちが最上の讃辞ととるか、それとも最大の侮辱と考えるか、われわれには見当がつかないからである（河盛好蔵氏訳）」という箴言を江分利は正しいと思う。

東西電機の中堅社員なら、まず安定株と見てよかろう。同じ社の人間なら、かなり見きわめることができる。結婚しても男にヘソクラれる心配はない。ベースアップの時の仮払いや、大抵の社員は賞与のときに社長から別に金一封出ることや、家族が病気をしたときの治療費が戻ってくることなども知悉している。社内結婚が流行するユエンはここにある。２、３年経った女子社員はすでに狙いをつけているのではないか？　男は甘いから、狙ったらまずオチルのである。

社内結婚をした矢島に、江分利はそのことをきいてみた。転勤者の送別会の帰りが雨になって、２人で車をフンパツした、その車の中である。

「そうかなあ、そういわれると、そうかも知れないけど……俺の場合は、社内結婚ってってもちょっと変ってるんだ。女房は庶務にいたろう、俺、知らなかったんだけど、彼女と俺とは遠縁になっていたんだ、遠縁たって血のつながりもなにもない、ずっとの遠縁なんだけどね。彼女のおっかさんが家へやってきて、その話をしてね、帰りがけに、どうぞよろしくってんだよ。よろしくっていわれたって困っちゃうじゃねえかよネエ……そのうち、見合いみたいなことしたんだよ、変な話だろう、同じ社内の人間が見合いしたんだぜ。俺はそのとき別にどうってことはなかったんだ。もっと派手な女の子もいたし、俺と仲のいい子もいたんだ。それから半年ぐらい経ったかなあ。女房とは口もきかなかったよ、ほんとだぜ。俺は、歌舞伎の切符を貰ったんだけど、どうもコイツは苦手でね。女房の奴が、見合いしたとき、歌舞伎が好きだって言ったことをフッと思いだしたんだよ。そいで庶務課へ行ってね、ハイ、これ、やるよ、っていったんだ。すると、その時だ、女房の奴は、有難うともいわずに『あら、1枚?』っていやがったんだ。その時の目つきの色っぽいというか、凄いっていうか、とにかく凄かったんだ、あのおとなしい女がだぜ。俺はね、俺は『待てよ』と思ったネ。『待てよ、これは……』と思ったんだ。ゾクゾクっときたんだ。嬉しいとか何とかじゃない。いわば動物的に身の危険を感じたような、そんなショックだったね。こいつは大変なことになるらしい、大変だ大変だと思ったネ。あとは、まあずるずるべったりさ、歌舞伎へも切符買って行ったよ、席は離れていたけどね。へんなもんだね、歌舞伎の帰りなんて、女房はもうすっかり女房気取りでね、だまって若松なんか入ってさ、自分はアンミツで俺には雑煮なんかサッサと注文してね、驚くじゃねえか女って奴は。有無をいわせねえ所があるんだな、女には。しかしだ、君のいうように女房が『あら、1枚？（矢島は女の声を出した）』っていったときは、あいつとしては一世一代の演技だったのかもしれないね。賭だったんだね。そいつに俺はひっかかったんだよ」

昼休みの屋上で江分利は川村にきいてみた。

「僕と久美子とは〝ゼロ〟（東西電機内の詩の同人誌）の同人だったんだ。久美子は恋愛の詩ばかりつくってね。下手クソで読めたもんじゃないけどね、とにかく相手が誰かってことがいつも噂の種だったんだ。10号記念の合評会をアラスカでやったんだけど、久美子の番になって、ひょっとそっちを見たら、あいつね、僕の方をピタッとにらんでるんだよ。僕は思わずカアーッときちゃってね。図々しいもんだね、女なんてのは。まばたきひとつしないんだ。おまけにその詩がよくないよ。『あなたはヤブニラミだ、あなたの眼鏡はいつも曇っている、あなたの頭髪は薄い』ばかにしてるじゃないか……」

川村はすけて見える地肌に手をやった。

「そうなんですよ、私もそうじゃないかと思うんですよ」と田沢経理課長補佐がいった。

「私と家内が仲よくなったのは、入社して5年目ぐらいなんですがね、あるとき私、1人で残業してましてね、帰ろうと思ったら、電気がひとつ点いてまして、家内が泣きそうな顔でソロバンいれてるんですよ。ソロバンならこっちも自信がありますからね、家内ならまだ4、5時間かかろうって所を一緒にやって30分で片づけたんです。ところがですねえ、いまになって考えてみると、どうも家内は、私に気があって、失礼、私の気をひくために、しなくていい残業をしていたような気がして仕方がないんです。ソロバンでこられたのが、私の弱味でしてね、どうも私もひっかけられたクチですかな……」

江分利は総務課の柴田ルミ子を廊下へ呼びだして手帳を返した。ルミ子は、アッと小さく叫んで手帳を受けとり、駈けるように5、6歩行ってから急に立ちどまって、「内緒ネ、おねがい!」といった。

ちぇっ、バカラシイ、と江分利は思った。(「女」め!) しかし、固い女子社員の固さが急にとれ、急に女らしくなる瞬間に当事者として直面することが、江分利にはもうない、と思うと少し淋しかった。江分利はだまって歩きだした。

# 困ってしまう

## ■病気と江分利

シャランシャランと庄助の部屋で鈴が鳴る。夜中の2時だ。カランカランでもリンリンでもなく、実際は鈴の音でも鐘の音でもない。シャランシャランと鳴るのだ。

ピースの空罐の内側に不要になった鍵をぶらさげ、屋根に錐の柄を短く切ってとりつけ、鈴の形にしたもので、夏子の工夫で造ったものだ。それはいつも庄助の枕頭に置いてあり、シャランシャランが鳴ると、夏子は思いきりよく起きて、庄助に喘息の手当をする。最近の庄助は2球式のスプレイによって塩化アドレナリン液を注入している。メジヘライソなら一吹きだが、どうも体質に合わぬらしく、手間のかかる2球式を使用しているが、それでも副作用があり、心悸亢進するので、喘息の発作がおきても、夏子の助けを必要とするかどうかを手製の鈴で合図するわけだ。塩化アドレナリンを連用すると心臓にわるい、と庄助は信じているので、かなりの所まではガマンしてしまう。発作は季節の変わり目に起り、特に秋口がひどく、時間でいえば、部屋の温度が変わる午前2時頃が多い。江分利と夏子は、庄助の発作が起ると、暗闇で目を開いて、シャランシャランの合図を待つ。

庄助は、昭和25年10月29日、東京都港区麻布の江分利の父の家で生まれた。江分利は階下で麻雀をしていたが、産湯をつかう庄助の唇の新鮮な生ま生ましい朱色に打たれた。それは、口というよりは、何か赤い裂け目のようであった。江分利満は23歳であり、自分の子という実感はなく、特別な生きものを見るようであった。

庄助が8ヵ月位になったとき、はじめて夏子と3人で銀座へ出てレストラントへはいり、庄助のためにはマカロニ・グラタンをオーダーした。江分利が小さく切って、小皿にとって冷まし、口へ持っていくと、はじめは妙な顔をしていたが、よほど気に入ったのか、腹が空いていたのか、冷めるのが待ちきれぬように無言で（口がきけないので）小さな口を江分利の方へつきだして催促するようになった。江分利はあやうく涙がこぼれそうだった。「コイツは俺をこんなに頼りにしているんだな」ウレシイような、うんざりするような気持で、ケープにつつまれた小さな生きものを江分利は見た。「俺はコイツに喰わせなくちゃいけないんだな、コイツに。雛に餌を運ぶ親ドリみたいにナ。俺は、もう自殺を考えたりすることができなくなったんだな」

2歳10ヵ月のときに、庄助は小児喘息の発作を起した。鎌倉へ泳ぎに行った日の夜、庄助は寝つかずに、窓際に歩いていって窓をあけろという。寝かそうと、あおむけにすると苦しがるのだ。夏子がおぶって庭へ出るとグッタリしているが、やや楽になる。深夜にきてくれた近所の小田野医師は「江分利さん、これは小児喘息ですね、ちょっと長くなりますよ」といい注射を射って帰った。以後季節の変わり目には激しい発作が、喘息のないときには湿疹が庄助を襲うようになる。水薬やら注射やら、塩化アドレナリンやらお灸やら、初診料3千円というあやしげな民間療法やら、人に「よい」といわれたものはすぐやってみた。庄助も喘息のためにはずい分ガマンした。江分利も工面《くめん》した。病院通いのための自動車賃も遠い所だとバカにならぬ。(何故自動車に乗らねばならぬかは、次に書く)夏子も辛抱した。(夏子の辛抱についても、次に書く)夏子は、深夜、庄助をおぶって庭へ出たり、部屋をグルグル廻ったりすることが多くなった。

「いまねえ、パパがオダさん(小田野医師のこと)を呼びに行きましたからねえ、すぐ来ますよ」

「オダさん、いや」

「オダさん、とってもいい人よ。オダさんて可愛いいでしょう。オダさんはねえ、とってもちいちゃいでしょう。(小田野さんゴメンナサイ)だからねえ、オダさんはルノーに乗ってくるのよ。ルノーじゃないと足がとどかないでしょう。オダさんは、大きなカバンを持ってねえ、チョコチョコって入ってくるのよ」

「オダさんは、どうしてちいちゃいの」

「ちいちゃくてもオダさんは偉い人なのよ、注射がうまいのよ」

「注射、いや」

「注射するとね、オダさんが、ちょこって注射すると、すぐお咳がなおるでしょう」

10歳になっても、喘息はなおらない。これは小児喘息ではなく、立派な大人の喘息ですよ、と折紙をつけた医師もいる。先日も庄助は、縁日で妙な袋を買ってきた。粉末の大蒜《にんにく》である。香具師《やし》が「万病にきく」といって売る例のものである。「でも、ゼンソクにとてもいいって、おじさんが言ったんだ」と庄助は言う。1袋百円のそれを買うには、庄助はよほど「おじさん」に念を押したにちがいない。

庄助の喘息で江分利と夏子は命びろいしたことがある。夜、例によって気圧の変化や煙に敏感な庄助の激しい咳で江分利は目をさました。見ると部屋中が煙である。蚊取線香の火がフトンに燃えうつったのだ。フトンが炎を出して燃え、あとで火災保険会社が金をくれたのだから、小火《ぼや》といってもオーバーではないだろう。

夏子の病気について書こう。昭和26年6月19日、庄助が発作を起す前の年であるが、夏子は奇妙な発作を起した。やはり夜中の2時頃で、隣で本を読んでいる江分利に「ねえ、手を握って」と変なことをいう。「ネエ、手を、ニギッテよう」と2度目は怒ったような、ふりしぼったような声になっていた。江分利が本を見たまま、夏子の手を握ると、冷えて固く、ヒキツッタようになっていた。「ねえ、ちょっと足を見てよう、足が動かないの」足も重ねたままで硬直していた。「イキが……苦しいの」夏子は心臓がよわく、脚気の気味があり、階段の昇り降りがダルイと言っていた。発作は、手と足の異常にはじまり、次にオナカが痛いと言いだし、心臓がトテモ苦しいという順序だった。脚気は足からはじまって、だんだんうえへあがって心臓にきたらダメになると、江分利は小さいときからバクゼンと信じていた。「ネエ、クルシイ、死んじゃう、死んじゃう……死ぬかもしれない」夏子は、そのままの姿勢で動けず、硬直し、天井をニラミ、顔も痙攣し、言葉も困難になってきた。

「ネエ、死ん、じゃうよう……死ン、ダラ……庄助が、かわいそうだよう、庄助が……」26年6月は心臓病の月ともいうべきで、28日には林芙美子が死に、昭憲皇太后が死んだのもその月であったと思う。脈搏は数えきれぬほど速くなったり、結滞したりした。顔も硬直して、口がきけなくなった。上をむいたままで、何か言いそうにして言えず、涙が耳へ伝わった。医者が来るまで、江分利は、昭和9年12月発行の「主婦之友」付録「家庭治療宝典」をめくってみた。(夏子の嫁入道具のひとつで、赤い表紙は半分ちぎれていた。コトあるごとに江分利たちはそれをひっぱりだしたものだ)

〝ひきつける病気〟という項目に、そっくりな症状があって、テタニーという病名がついていた。鶏に多い病気だそうで、ヒキッツタ鶏の絵がかいてあり、日頃夏子がなによりも怖れる鶏(夏子は毛をむしって吊るされた鶏がこわくて肉屋の前を通れない)との不思議な暗合に江分利はゾッとした。その日、往診に来た医者は、実際、テタニーだと診断して注射した。

その後、半年間、同様の発作が、週に1度くらい起った。いつもきまって夜中の2時頃で、オダさんを起しにゆくのに江分利がワイシャツを着てネクタイを結ぶのを夏子はもどかしがった。

順天堂の懸田克躬《かけたかつみ》氏はヒステリーではないかと言った。杏雲堂神経科の若い医師は心臓神経症だと診断した。東大の坂口博士はていねいに診察したうえで「こりゃキミ、なんでもないよ」と言った。オダさんは、やはり脚気じゃないかと言った。

江分利はその頃から、深酒はいっそうひどくなり、極端に臆病になった。(江分利の臆病は、決して庄助や夏子の病気のせいばかりではなく、そのことについてはいつかは書かねばならぬ)たとえば、街を歩いていて、映画館のベルが鳴っていたりすると、江分利はそのベルが鳴りやまぬうちに夏子が死ぬのではないかと思われ、あわてて家へ電話したりした。「なんでもなくて」発作を起すことが、むしろ江分利は怖かった。夜中に目覚めて、夏子の寝息をうかがってみる。眼のまわりが黒くなって疲れきって寝ている夏子に顔を寄せる。かすかにかすかに呼気が頬をくすぐると、江分利はホッとためいきをつく。

夏子の発作は、何なのか？　向島育ちの夏子は20年3月10日の空襲で死ぬところだった。こわがってその話をしたがらないが、火の中を逃げ、男たちは隅田川に飛びこんでかえって焼け死んだという。どうやって逃げたか知らないが、翌日は死体の山を見たにちがいない。それと発作とカンケイがあるのか、ないのか？　しかし、夫としての江分利の「頼りなさ」は無関係ではなかったように思う。当時の江分利は大学へもどっていてアルバイトの月収が5千円だった。結婚2年で子供があって学生で、まだ「親がかり」だった。頼りない夫だと思われても仕方がない。臆病でヤケッパチなところもあった。夏子が不安になるのもムリはない。「死んじゃうよう、庄助がかわいそうだよう」と叫ぶのももっともだ。それに江分利の家庭が複雑だった。麻布の父の家は広い洋間のほかに6畳間だけで8間あるという妙な家で、そこに江分利の父母と、江分利夫婦と庄助、弟1人、妹2人、遠縁の老夫妻が同居し、暮しは派手で芸人やプロ野球の選手やらが出入するくせに、質屋と縁が切れず、近所の魚屋や酒屋にも借金があった。庄助が2歳半になったころ、つまり喘息の発作が起るまえ、しきりに「オヤコサンニン、オヤコサンニン」と澄んだ声で歌うように言うことがあった。夏子のねがいが、そこにあったように思われる。江分利は、ともかく早く独立して、親子3人だけで暮らすようにならなければ夏子の病気はなおらないのではないか、と思った。江分利は焦っていた。

あれから、ざっと10年たった。どうやってアソコを切りぬけてきたか、江分利もよく憶えていない。夏子の発作は1週1度が、半月に1度、月に1度になり、いまでは、ともかく表面はなんともない。鎮静剤の服用と多少の動悸が残っているだけだ。しかし、まだ1人歩きはできない。庄助の病院通いのときは、おそらく必死の思いで自動車に乗ったのだろう。とても電車に乗って乗り換えてなんてことはできない。(谷崎潤一郎に「鉄道病」のことを書いた小説がある)庄助の喘息はまだなおらないが、元気にはなった。彼の学校での仇名は『OK牧場の決闘』に出てくる〝ドク・ホリデイ〟である。いつも咳をしているし、拳銃を愛するかららしい。小学5年で、はじめて徒競走で2等になった。それまでは、いつもビリだった。「ボク、枠順がよかったんだよ。内枠のヤツが病気で休んでね。馬場《ばば》重《おも》でスローペースだろう。大外から一気に抜けだしたんだ」(バカヤロウ! 俺なんか子供の頃、1等にならないと殴られたもんだぜ。しかし、もう家へ帰って競馬の話をするのは止そうな)江分利は珍しく、夏子に日本酒の2合瓶を買いにやらせて燗をつけた。三遊亭円生さんみたいに「テッ、しかし、ま、ナンダナ、ありがてえやナ」といってヒタイをポンと叩きたいような気持だった。

それにしても、庄助にしろ夏子にしろ、どうして俺の持物は不恰好なんだろう、と思うことはある。それにひきかえ、この俺は……と思うのだが、江分利についても書かねば片手落ちになる。江分利のは病気ではない。病気ではないので、よけいに始末がわるい。江分利みたいな不器用な人間がいるだろうか。彼の不器用は、病気みたいなものである。

## ■ブキッチョ

終戦の年の7月、江分利2等兵は、岡山県の山中で散開して伏射の姿勢をとっていた。カンカン照りが鉄帽に熱い。土の匂いがムッとくる。雑草の太い根元の所が熱くなっていて匂う。江分利は目標前方の松の木に狙いをつけていた。一生懸命である。松本上等兵がタタッと駈けてきて江分利の前で止った。不思議そうに江分利の顔をのぞきこむ。江分利は、ちぇっぱれたか、と思う。とうとう気がついたか、シャアナイヤナイカ。松本上等兵はクスッと笑って、「おい、江分利よ、初年兵さんよ、おめは片目がつぶれねえのかよ」江分利は答えない。「なんとか言わねえかよ」江分利は目の前の蟻の動きを追った。「ク、ラアー（コラ！）」ときた。笑いからすぐ激怒に変わる軍隊演技というものがある。

「キ、貴様、それでも狙撃兵か！」しょうがないじゃないの、ソンナコト言ったたって。松本の軍靴が江分利の頭に迫った。擬装網に夏草をさした江分利の小意気な鉄帽が3メートル飛んで石に当る。ええと『外人部隊』のピエール・リシャール・ウイルムはすてきだったね。兵隊ももっとスマートにいかねえもんかな。僕のマリー・ベルはどこへ行ったの。おっかさん！　ロゼエのおっかさん！

江分利の部隊では演習のときはワラジをはく。この草鞋だって江分利が編んだんだ。だいたい江分利に草鞋を編ませるってのは、いうほうがムリじゃないのかね。片っ方は仁王様のワラジみたいに大きくなっちゃってカカトの方へ3寸も折れ曲っているし、もう一方は七五三の木履《ぼっくり》をつっかけたみたいに短い。銃剣だってそうだよ、配給してくれるのはいいけど抜身のまで、サヤがないんだからね。竹を薄く切って、合わせて、縛って、サヤ造れったたって、江分利がやると、ブカブカになって脱げちゃうか、固すぎて抜けないかどっちかになるにきまってるじゃないか。捧げ銃のときなんか、困ってしまう。

江分利は、中学の教練検定が不合格である。当時検定不合格は級に2、3人で長期欠席者か虚弱者に限られていた。江分利のように、無欠席でマジメにつとめて不合格というのは珍しいのである。教練というのは一種の演技だから、江分利に演技力がないということになる。そういえば、よく1人だけ残されて徒歩をやらされた。江分利には軍隊式に「歩く」というのが、うまくできないのである。自分ではちゃんとやってるつもりでも、ヨソメには不恰好なんだろう。左足をあげ、右手をふり、足が地につくとき地面に垂直になるというのだが、言われると足がこわばってしまってうまくゆかぬ。左足と左手が一緒に出たりする。もっともそれだけじゃなく、銃の分解掃除で、分解はしたけれど、あと組み立てられなくて叱られたこともあったが。

江分利は小学・中学を通じて跳び箱と蹴上りが遂にできなかった。できなかった生徒は何人かいたが、身体の弱い者に限られていた。江分利の場合はそうではない。江分利はむしろスポーツマンである。懸垂は、いまでも30回できる。百メートルは13秒台で走る。手榴弾投げは52メートルの記録をもっている。(沢村栄治投手は80メートル投げたという伝説があるが、素人の52メートルは大記録ではないか)体力章検定は(マラソンで失格したが)重量挙げを含めて全部上級だった。体操の採点の基準になる跳び箱と鉄棒の蹴上りだけがどうしてもできないのである。教師も不思議がって何度もやらせたが、どうしてもできなかった。勇気がないわけではない。不真面目でもない。つまり、不器用なのだ。

数字にヨワイ。よく「ボクは数学がニガテでね」なんて自慢そうに言うが、そんな奴は江分利の前に恥ずるがよい。江分利は百までの勘定ができないのだ。60までは、なんとかいく。70代になって、76・77・78・79となると頭がカッとなる。87・88・89となるとワケがわからなくなってしまう。

口笛が吹けない。ま、こりゃいるだろうけど、彼は、いまだに花結びができないのだ。風呂敷でも靴の紐でも帯でも、どうやっても羽織の紐みたいに「オッタチムスビ」になってしまう。

音痴である。これもヒドイもんだよ。嘘だと思ったら、彼に「すみれの花咲く頃」を歌わせてごらんなさい。音痴なんてなんでもない、と思うのは、おそらく軍隊と会社勤めを知らない人だろう。軍隊では週に1度演芸会があり、会社では宴会がある。「ええ、それでは、ここで江分利さんに、十八番のすみれの花咲く頃を……（拍手）」死にたいよ、俺は。なにが十八番の、かね。

青と緑をとり違える。鎌倉時代と室町時代のどっちが先かいまだに分らない。松屋と松坂屋とどっちが新橋寄りか、何度きいても憶えられない。山陰と北陸を間違える。富山と島根が隣合わせだと思ってるのだから始末がわるい。「それじゃ困るでしょう?」と言われる。とても困ります。

江分利は東西電機の宣伝部員であるが、生まれて、まだ写真というものを撮ったことがない。(ピントをあわせてもらってシャッターを押したことはあるが)何度きいてもテープ・レコーダーの操作がわからない。リコピーの仕方ができない。いつも女子社員に頼む。だから、気をつかって、お茶奢ってるんだヨ。

これで会社勤めができるのかね。語学ができぬ。ソロバンができぬ、タイプができぬ、カメラができぬ、これで東西電機の宣伝部なんて派手な商売が勤まるかね。もちろん勤まりはしないのだ。勤まらないけど「勤めている」のだ。仕方がないじゃないか。江分利が勤められるのは組合制度のおかげだとシミジミ思う。

江分利は、しかしなんとかやってゆかねばならないのだ。匹夫といえども、匹夫の勇をふるわねばならぬ。江分利が計算をしている所を見てごらんよ。哀レダヨ。まずAとBと足したものを紙に書く。次にCとDを足したものを書く。EプラスFを書く。GプラスHを書く。AとBの合計にCとDの合計を加えて紙に書く。EとFの合計にGとHの合計を加えて紙に書く。

残った数字を加える。これで検算すると、たいがい間違ってるんだからヤンナッチャウね。

江分利は困ってしまう、のだ。ほんとに困ってしまう。

もし江分利が、発作の夏子と喘息の庄助を抱えて、もしも、この世をなんとか過したとすれば、こりゃ大変なことじゃないか。壮挙じゃないか。才能のある人間が生きるのはなんでもないことなんだよ。宮本武蔵なんて、ちっとも偉くないよ、アイツは強かったんだから。ほんとに「えらい」のは一生懸命生きている奴だよ、江分利みたいなヤツだよ。匹夫・匹婦・豚児だよ。（筆者は祈る、江分利満の人生のミザリーならざらんことを、アンハッピイならざらんことを！）

## ■快男児

どこの会社にも快男児がいる。快男児的存在がある。東西電機における快男児は業務課の佐藤勝利だ。佐藤は江分利と同じ社宅群の、前列向って左端に住んでいる。

佐藤のどこが快男児的であるかといえば、たとえば佐藤は江分利たちのつくる宣伝物に誤植があれば必ず発見してしまう。宣伝物は業務課を通って出稿し、責了となった校正刷も業務課を通るから、江分利たちは、ずい分助けられたわけだ。致命的な値段表・商品名のミスを発見してもらったことさえある。

「江分利さん、えらいすんまへんが、これ、今度3千5百円になったのとちがいまっか?」佐藤はむしろ恥ずかしそうにいう。「念のためにうかがいますが、この文案の、ここん所、完璧の壁は壁やのうて、下が玉になってるのとちがいまっか? 当用漢字では壁でよろしいのでっか?」などというので、おそれいってしまう。

佐藤は特に外国語や国語に堪能というわけではない。熱心なのだ。責任感が旺盛なのだ。ちょっとでも疑問があれば辞書をひく、百科事典を見る、社史を見る、分っていても定価表にいちいち当ってみる。校正者としての正しい態度をくずさない。

校正は佐藤の仕事の一部にすぎない。佐藤の快男児たるユエンは、人のいやがる仕事をすすんでひきうける、ひきうけずにいられない気性にある。会議で、たとえば得意先を招待するパーティの荷物運びなどの担当者がきまらないで司会者が渋い顔をすると

「ホナラ、わたし、やらせてもらいまっさ」

というのはいつも佐藤である。

朝は、いちばん早く来る。来客には必ず会う。社内をこまめに動く。事務処理は正確で速い。読みやすい字を書く。すばやく受話器をとる。消費者からの問いあわせには、ていねいに応対する。ハガキを書く。雑用をいとわない。後輩のめんどうをみる。大学の経済学部を出ている

のに、夜学に通って法律を勉強したりする。そのくせ、同僚とはトコトンつきあう。飲めばゼッタイ他人には払わせない。暴力的にでも払わせない。福岡や札幌から出張員がくると、自宅へ呼んで歓待する。女の社員が東京見物にくると映画につきあう。

日曜は夫人と子供を連れてピクニックに行く。買物のお供をする。こざっぱりしたスポーツシャツを着てカメラを肩にかけ、弁当を持ち、まだガウンを着て庭にいる江分利に「今日はマリンタワーですねん」と声をかけニヤッと笑う。帰りは土産を忘れない。「江分利さん、えらいツマランもんでんが……うちのチビンチャクがびいびいびいびい泣きよってからに、往復おんぶですわ」さすがに疲れているようだ。

佐藤が怒ったのを見たことがない。いかなる事態にも笑っている。グチをこぼさない。

佐藤は東西電機宣伝部野球チームの捕手である。これは佐藤の野球がうまいからではない。みんなのいやがるポストをひきうけただけだ。ツキユビがたえない。監督の江分利がいくら注意しても1塁へヘッドスライディングする。「そら分ってまんのやけど、あっこへ行くと、自然にすべりとうなってきまんのや」

佐藤の趣味はギターと登山である。佐藤にも鬱積するものがあるに違いない、と江分利は思う。たった1人の山頂で佐藤がどんな顔をしているか、江分利には分るような気がする。山頂で佐藤は「こん畜生!」と叫ぶのではあるまいか! 山から帰った佐藤の晴ればれしい顔で、それが分る。

佐藤の特技は、宴会場での裸踊りだ。お盆で前をかくすような下品なソレではない。「私のラバさん」を歌いつつ、フラダンスを踊る。しかし、どうも佐藤の裸踊りは、好きでやってい
る、とは思えない。サービス精神の権化みたいなものだ。宴会で座が白けてきたりするのが佐藤には耐えられないのだ。宴会ではどうしたって、ナカダルミが一度は来る。ヒョイとみると佐藤がいない。あっ、と思ったときには、半裸になった佐藤が座の中央に思いつめたような顔で飛び出しているという具合だ。

去年の秋の恒例の社員旅行に江分利は風邪をひいて、行けなかった。

朝、江分利は社宅の門口でみんなを送ったが、ふと、思いついて佐藤を呼んだ。

「なあ、今度は、アレをやるなよ」

江分利には佐藤のサービス精神が分っているだけに、痛々しく思えるのだ。

「分ってますよ、わたしももう歳ですねん、あんなアホラシイこと、ようでけまっかいな。今年はゼッタイにやりません」

佐藤は元気に手を振って出ていった。

皆が帰ってきた日の夜遅く、佐藤夫人が土産の山葵漬を持ってきた。

その翌日、早起きした江分利は佐藤と電車が一緒になった。佐藤は珍しく不機嫌だった。

「伊東、どやった？」

「まあま、ですねん」

江分利は反射的に、コイツまたやったな、と思った。

「やったんだろう？」

「やりゃしませんよ」

「嘘つけ！」

「でけまっかいな、アホなこと」

江分利は社で柴田ルミ子にきいてみる。

「それがね、今年は社長も常務さんも、営業部長さんもいらっしゃらないでしょう。ツマラナイノ。それと、松野さんも岸田さんも江分利さんもお休みでしたでしょう。静かでご清潔で……」

松野、岸田、江分利は東西電機酒乱3傑である。

「佐藤、どうだった？」

「佐藤さん？」

「あいつ、やったろう」

柴田ルミ子はしばらくキョトンとしていたが、急に真赤になって顔をかくして逃げだした。

江分利にはよく分るのだ。そのときの情況が。社長も常務も営業部長も、酒乱ぎみの3人もいない宴会場がどんなものか。2百人近い大広間が、妙に静かすぎる。歌がでない。歌いたいが音頭とりがいない。せっかく「オヒャクドコイさん」や「人生劇場」や「マッカッカのカゴメ」を憶えてきたのに、キッカケがない。そろそろ、コースが終わりかける。

若い奴等はピンポン場やダンスホールへ立ちかける。これじゃ盛りあがりがなくて今年が終わっちゃうじゃないか。ざわざわとくる。ナンダコレダケカという表情もある。ちょうどその時だ、佐藤が決心を固めるのは。ちょうどその時だ、快男児佐藤勝利が両肌脱いで立ちあがり、必死の形相で中央に進みでるのは。

# ステレオがやってきた

## ■冬枯れの田圃で

春、のようにあたたかい。

37年1月末のある日曜日。

みんな、なんとなく社宅の前の通りに出てくる。この社宅ではヨチヨチ歩きの子供が多くて、子供につられたようなふりをして、集まってくる。

「お早うございます」

近県の小売店廻りをしている営業2課の小林が、インギンに明るく頭をさげる。仕事の関係でこうなったのか、もともと明るい性格なのか、とにかく人をそらさない所がある。小林を憎むことは誰にもできない。この人が小売店を廻っているかぎり、絶対安心という気がする。しかし先輩をおしのけて出世するというタイプでもない。

小林は2人目の女の子を抱いている。新婚者用の社宅だから、だいたい入居して1年以内には出産という公算が多い。住みついて2人目ができたり、できかかったり、出産と赤ん坊に関しては、かなり忙しい社宅である。

6棟12世帯では年のうち、5、6人は生まれることになる。3人の子持ちは、まだない。3人になると、1戸建ちの社宅を与えられるか、自分で建てるかして、ここを出てゆく。営業部員は、そのまえに転勤になることも多い。

江分利のように大正生まれで、子供が小学5年というのは特殊なケースである。みんなまだ若い。江分利は、君たちは活火山で、うちは休火山だよ、といったことがある。

社宅の前の通りをへだてて、約2千坪の田圃があり、矢島が犬を追っている。辺根が中央でクラブをおおげさに構え、糸のついた練習ボールを打っている。この田圃はどういう加減か、毎年、半分の約1千坪だけが耕される。どうも地主は、坪7万か8万ぐらいで宅地用に売ってしまってあって、あるいは、その半値くらいで銀行から金をひきだして、悠々と暮しているのではないかと思われるフシがある。そして農地法とか宅地法とかがあって、半分は耕さないとウルサイ、そこでシブシブ半分だけ耕作している、といった気味がある。

耕さない方の半分は、1年を通じて子供たちの遊び場となる。いまは凧あげと2B弾が幅をきかせている。大人たちもキャッチボールをする。相撲だかレスリングだか組んずほぐれつの一団もいる。地主らしいのがそこを通っても叱るということをしない。どうでもいい、という表情がある。白く倒れている雑草に火をつけて、パッと際限もなく拡がりそうにみえることがあるが、それでも子供たちは叱られない。どうかすると耕してある方の田圃へ入っていってもおこられない。子供たちは夏はそこで蛙をつかまえるのである。

はじめ、この社宅に移ってきたとき、江分利は目の前に田圃があることを喜んだ。山の手線の内側にしか住んだことのない庄助に、米のできるところを、最初から見せるのは悪くない、と思ったのだ。

「庄助、見ろ、お百姓さんたちは、こんなに苦労してオコメをつくるんだぞ。炎天の田ノ草取りっていってね、貧しい日本の農業には、これがつきものなんだ。いいか、よく見て、農業ってものを考えてみろ。これがお百姓さんたちの基本になるんだぞ」

こんな場面を想像したものだが、ここの百姓が田ノ草取りをしているのを見たことがない。雑草は平気で繁っているのである。夏子にきいてみると、

「さあ、やってたようですけど……」

と、これも熱がない。

刈入れの時期がきて、ほかの田圃は、もうきれいに稲叢ができているのに、ここだけはほうり出したままだ。稲穂が垂れて、雨で地に伏したようになっているのに、まだ刈らない。まるで自分の頭髪がのびすぎたようで、欝陶しくて仕方がないといった状態が何日か続いたあとで、

やっと地主は腰をあげたのだ。

田植えも簡単なら、初秋の雀の大群も、こっちで「いいかげんにしてくれ」といいたくなるような跳梁ぶりだった。真剣なところがちっともない。お百姓さんたちに、江分利が抱いていた真摯ともいうべき概念は完全に裏切られたことになる。ヒタムキなところが感じられない。これでは、庄助に稲作とはこんなに簡単なものだと教えたような恰好になる。それに、この田圃が坪8万円もするというのを、どこかから聞いてきたのも庄助なのだ。

それでも、田面を渡る風が、早苗を波のようにゆるがせて通る初夏の夜は、ちょっと風情があった。佐藤と吉沢と川村を呼んで、2階の窓をあけはなって飲んだ十五夜の晩もちょっとよかった。前日に、これと目をつけていた薄が全部刈りとられていたのにはガッカリしたが……。

佐藤も川村も出てくる。いつもの黒っぽい背広とちがって、かなり思いきった柄のセーターとスポーツ・シャツであることが面白い。日曜を充分にくつろごうという気持を、さらに衣服でもって演出しているようだ。小林はドテラである。佐藤は黄色のセーターに黒足袋である。

「えっらいヤッシとるやんか」

江分利は佐藤の口真似でからかう。

くつろいではいるが、所在ない。川村には、さあ、今日の午後をどうしょうかいナ、という表情がありありと見える。

このホッとしたような、所在ないような日曜日の表情が見られるのは、前年の12月の初め頃からである。もっと正確にいうと、暮の賞与の額が決定したあとの最初の日曜日からである。

特に組合の執行委員である佐藤と川村にはそれが顕著だ。残業と日曜出勤の多かった経理課の吉沢も、そのころになると一段落つくのか、日曜は冬枯れの田圃に顔を見せるのである。営業部も暮の月初めには勝負がつく。江分利のいる宣伝部も、歳暮広告を終り、新年原稿を製版所に渡しおえた頃にあたる。

これが1月の末まで続く。

暮にはデパートの配達車から意外に大きな荷物が届けられたりして、みんなの顔に愉しそうな笑いが浮かぶ。

「いやあ、安物、安物……」

といって矢島が犬を連れたまま駈けてゆくので、それが、矢島のほしがっていた整理箪笥だと知れる。

半数は大晦日からクニへ帰る。残った者は、三ガ日、なるべく顔をあわさないように苦労する。道であったら、これは仕方がない。

「あけまして……旧年中は……本年も……」

ということになるが、あらためて各戸ごとの挨拶はしないという習慣がなんとなくできている。6、7軒のことでも交互に行なわれたらエライことになるのを知っているからだ。新年の挨拶は4日の初出勤を待つ。

1月末の日曜日。

賞与は予定の貯金や月賦（ボーナス月は多い）や株を買ったりで半分になり、残りを買物や旅費でつかいつくして、いま、一番現金が少い。

（やることはやった。さあ、ソロソロひきしめなくちゃ）

と、だいたいそういうところだろう。

例月でも給料前の日曜日はそうだが、目だってカンヅメ料理が多くなる。酒屋はツケがきくからだ。それに肉屋や八百屋は御用聞きが来ない。インスタント・ラーメンはどこの製品がうまいか、などという話題が出るのもその頃だ。

「日清のチキンラーメンに焼豚と葱をきざんでいれますねん。これが一番だんねん。焼豚ちゅうところがコツやで……」

と吉沢が力説する。

だから、寿司屋の岡持がパイプでできた社宅群の門を入ったりすると「おッ」という顔つきになる。日曜ぐらい店屋物《てんやもん》をとって楽をしたいという夫人連のねがいは、みんな知っているのだが、ないものは仕方がない。

そこへ、田圃の持主である老人が通ったりすると、東西電機側はトタンにしょんぼりしてしまうのである。坪8万として、1億6千万円もっていることになる。ヨレヨレの国民服に作業ズボン、黒のスキー帽をかぶった老人のまわりには別の空気が漂っているようにみえる。どうしたって東西電機側は、畏敬の念をもって目送せざるをえぬ。

## ■ゴルフはスポーツであるか

社宅では、ウカツに口をきいてはいけない。たとえば、その日、江分利の家にステレオが届くことになっていた。ハイファイ・マニヤの矢島と音楽好きの佐藤を遅目の昼食に招待して、一緒に最初の音をきこうというのである。それに江分利は1枚もレコードを持っていないので、2人が持ちよることになっていた。その他の人はよんでいない。川村や吉沢がきたってちっともかまわないのだけれど、社宅の一番広い2階の6畳でも江分利と夏子と庄助に客が2人きて、大きい方の卓袱台を出せば忽ち身動きできなくなってしまう。折角の日曜日だから、意外なところで夫人の恨みを買わぬものでもない。招待して「来てくださる」というのは大変なことなのだ。

その辺を心得ている佐藤は、吉沢や川村にきこえないように
「あとで、持ってうかがいます」
といって消えた。社宅での会話は妙に尻切れトンボで思わせぶりみたいなところがある。

たとえば、田圃の真中でゴルフをしている辺根のことにしたってそうだ。彼にゴルフの腕まえをきいてはいけないのだ。彼は殆んど1年中、ヒマさえあれば、社宅の小さな庭か田圃へ出てクラブを振っている。ということは、厳密にいえば、彼は1度もゴルフをしたことがない、ということになりはしないか。

クラブを振ることだけでゴルフなのか、グリーンの上でスコアを争うことがゴルフなのか、江分利にはよく分らないが、バットの素振りだけでは野球をしたことにはならないと思うので(キャッチボールは野球の練習法の一種であって野球そのものではない)つまり、その考え方でいけば、おそらく辺根のゴルフの腕まえについては全く未知数というより仕方がないのではないか。

社宅では、辺根がゴルフリンクへ行っていないということが、おおよそ知れているので、だからウッカリ腕まえをきけば、侮辱を与えるというふうに勘ぐられてもしょうがない。

辺根のことだから

「いや、私のは体操です」

ぐらいに軽くうけながしてしまうだろうが。

ゴルフの大嫌いな江分利には、辺根のやり方がゴルフ全体を馬鹿にしているようで気持がいい。江分利が何故ゴルフが嫌いかというと、まず、ゴルフにはなんとなく胡散くさいところがあるからである。やったことがないのにそんなことをいうのは変だと思われるかもしれないけれど、少くともゴルフを習おうという青年は何か胡散くさい。つまりスポーツをやろうというだけでなくて、別の欲得ずくが働いているように思われる。だいたいにおいて、ゴルフ青年はそういう顔をしている、ように思われる。

つぎに、およそスポーツと縁のないような(縁のないような顔つき、身体つき、心構え)中年男やバーのマダムなんかが、チョロッとやってチョロッとできちゃうというのがどうも胡散くさい。どうもスポーツじゃないような気がする。

3番目に、これはいいたくないが(ゴルフがほんとにスポーツなら許せることだが)いまの日本の住宅地の事情を承知のうえであの広大な土地を占領していることがどうも納得できない。(だから入会金が高くなるのだろうが、これにムリして入る青年はどうもおかしい)たとえば、テニスコートや野球場の土地というものは狭くてしかも全く涙ぐましいくらいクマなく利用されている(ダッグアウト、コーチャーズ・ボックス、ブルペンを見よ)のに反してゴルフ場は、無駄な土地が多すぎるように思われる。10メートル幅の道路のようなものを何本かつくれば、それですむことではないのかね。林あり池ありといった風致地区みたいなものをこしらえないと君達はゲームができないのかね。ゴルフ族というのは、軽井沢に別荘を持つ左翼作家みたいな趣がある。

「大衆をだね、この位の生活水準にひきあげるのが我々の役目でね、江分利君、君、いつまで貧乏くさいことを言ってるつもりなのかね、アハハハ」

だそうである。

最後に、ゴルフにはスポーツに肝要な「素朴さ」が稀薄なように思われる。マウンドに立つと、この位憎らしい奴はないと思われるような巨人軍の堀本でも、バーで会うと実に屈託なく飲んでいる。これに反してゴルフ族の憎らしくキザな奴は徹底的に憎らしくキザである。ゴルフには大人の遊ぶベビー・ゴルフというのがあるが、いったいベビー・ラグビー、ベビー・フットボールなんてものが考えられるかね。

それなら、江分利の好きなスポーツは何かというと、彼はスポーツに対していくつかの公式をもっている。

まず、個人ゲームを除く。江分利はスポーツではチーム・ワークを重視するからだ。個人の力が極端に発揮されるスポーツは味気ない。

つぎに、ボールを扱わないスポーツはつまらないと思う。スポーツは楽しくなくてはいけない。ある著名な水泳選手が、競泳よりも水球の方が面白いと語ったのを聞いたことがある。そのつぎは、相当な年齢（40歳くらいまで）に達してもプレーできるスポーツということである。これは技術を重んじるからだ。

4番目に、女でもかなりやれるスポーツは認めない。認めないというよりも、それは女性のゲームで見た方が面白いからだ。バスケット・ボールなどは男がやると、もうショウの段階に来ているという話も聞く。テニスやバレー・ボール、ピンポンなどもこれに入る。

残るのは、ラグビー、フット・ボール、野球などであって、江分利はこれこそスポーツだと思うが、強いてひとつ残すとなれば、ラグビー、フット・ボールは残念ながら時間制という難点がある。晴雨にかかわらずという大きな利点があるが、時間制だとどうしても連荘連荘また連荘の逆点勝ちという場面が不可能になるのが惜しい。

それに野球はなんといってもプロがあるから金銭がからむという妙味もある。やはり人間のやるゲームだから、金銭がからんだ方が面白い。

## ■捨礼男

江分利家にステレオが届いたのは、暗くなりかけた4時である。

佐藤も矢島も、かなり酔ってしまった。給料前だから、料理といってもアヲハタ印とあけぼの印ばかりだが、サントリー白札の1本目は殆んど空になっていた。

最初は佐藤の持ってきたセゴビアのギター曲である。レコードはステレオではないが、

「やっぱり、どこかちゃうなあ」

と佐藤が感嘆する。

「寺田さん、なかなかやるじゃないの」

矢島がそういうのは、このステレオが36年暮のボーナスを狙って東西電機が売り出した新製品であり、研究室の寺田が設計したものであるからだ。

ステレオが来たことについては、江分利にひとつの感慨がある。江分利は一時「捨礼男」と号したことがあって、別に俳句や短歌をつくったわけではないが、もしそういう機会があったら、捨礼男と書いてやろうと思っていたのだ。捨礼男とは礼儀を捨てた男ではなく、単にステレオと訓《よ》んでくだされぱよろしい。

ステレオを東西電機が手がけてから、まだ4年しか経っていない。そのずっと前に江分利は

仕事の関係で、五味康祐さんの家に毎日のように通わねばならぬ、ということがあった。だからハイ・ファイ音というものがどういうものであるか、音楽とともに暮すということがどういうことであるかについて、少し知っていた。江分利にとって音楽（ハイ・ファイ音）は日常生活に欠くことのできないものであり、同時に到底手のとどかぬ〝高嶺の花〟であった。当時の江分利は3千円のラジオを買うのも容易ではなかった。山本富士子さんと一緒に暮したいと切に希っている独身男性が何人かはきっといると思う。しかし、山本富士子さんと結婚できる可能性は零に近い。江分利にとってステレオは山本富士子さんだった。

五味さんは、江分利に

「この機械、お前《めえ》さんにやろうか」

と言ったことがある。何台目かの新しい装置と買い換えるところだったらしい。もちろん、そんな高価なものをいただこうとは思ってもみなかったのだが、江分利は武者震いみたいなものが全身を走ったのを記憶している。

「いや、お前さんは博奕打ちだったな。（五味さんがそういった意味については、いつか書く）音楽には縁がねえな」

と五味さんはあっさり撤回したが、江分利は、自分の武者震いみたいなものに恥じた。

江分利が捨礼男と号したのは、勿論自嘲の意味をこめてのことであるが、ステレオは、ステレオを買うことは、江分利にとって情熱の対象みたいなものだった。いつかは、老年になってもいい、いつかは凄いステレオを買ってやろう、あるいは一生買えないかもしれないが、ステレオを買うことを生甲斐にしてやろう、それが江分利の「捨礼男」だった。

矢島にきくと、10万円出せば、まあまあの音が出るという。4、5万のものを買うのはちょっと見あわせた方がよいという。10万といえば江分利の大きな借金から考えて、ここ5年間はとてものぞみ薄の金額だ。だいいち10万円のステレオを置く場所がない。家からしてなんとかしなければならぬ。

東西電機が突如として、団地サイズ・超薄型・ドメスチック・ステレオL466の企画を社内発表したことは、だから、江分利にとって少し迷惑な話だった。現金正価2万3千円という値段は画期的なものであるにせよ、ちょっと困るのだ。これを社員割引にすると2万円とあと少しで買える。(社員割引というものは世間の人が考えるほど安くない。東西電機では1割1分5厘の割引で、どうかすると小メーカーの品を月賦屋を叩いて買った方がずっと安いのだが、そこは企業イメージというものがあって、だいいち庄助が東西電機以外の製品を買うと江分利を悪者扱いする)ボーナス2回払いなら1万円と少しだ。とすると、江分利が捨礼男などと悲壮がっているのが滑稽になってくる。情熱の対象が空しくなるのである。

ま、そういうわけで、ステレオが江分利家にやってきたのだ。最盛期の暮をはずして正月に運んで貰ったのは、江分利の愛社精神というものだろう。江分利は不本意と喜びがゴッチャになる。ゴッチャになって笑い、且つ飲むのだ。山内教授やその他もろもろの借金に対しては、ステレオが商売道具のひとつということで許してもらおう。（ソノシートによるダイレクト・メールなどという仕事もある）しかし、ステレオがやってきたことについて、矢島や佐藤にはわからない、もうひとつの感慨があった。

35年の6月、江分利家は一家離散することとなった。母の死を契機にいったん集まった兄夫妻、弟夫妻、同居人たちが別れ別れになるのである。（父は糖尿病と腎臓病を併発して入院、ピートは5月に帰国した）どうなることかと思われた莫大な借金が弟の才智で、江分利の家を貸して、その家賃で利息を払うということで一時凌ぎの話がついた。家が何重もの抵当に入っていたことがかえって幸いしたむきもある。そんなら家を売ったらいいじゃないかと誰でも考えるだろうが、これがオリンピック道路の予定地にあって、おいそれと売れないのである。（これが幸いしたむきもある）

江分利は、少年の頃からの友人、上田の家の離れをムリに頼んで借りることとなる。こういうことってのはお互いに困るんだなあ。たとえば部屋代をいくらにするかということについて話しあおうと思っても、お互いに困惑があるだけだ。同じ机を並べていた人間が部屋代を払う身のうえ、受ける身のうえとなるのである。上田の気持がわかるだけに、江分利は強引に、いまは1万円しか払えない、と突っ張ったのである。上田は、それじゃ貰いすぎだという。そんなことってあるかね、上田の家は都心にあって閑静な高級住宅地である。離れは凝った庭の東隅にあり、8畳1間だが、ぐるりに縁側があって、2坪のリビングキッチン、洗面所、トイレ、自由に外から出入りできる玄関があって、完全に独立している一戸だちの形である。安くて2万円というのを半値にしてもらったようなものだが、上田はそのうえに、電気代はメーターが一緒になっているのでとらぬという。(金のことを別にしても迷惑な話だったろうが……)

まあ、人の情けというものは、受ける時には思いきってうけてみるのもいいだろうという漠然とした気持で江分利は引越した。

さてしかし、当時の江分利の給料は手取り3万円である。ここから1万円ひいて残るは2万円。庄助の喘息の治療に、治療代は別として往復の車代(何故車にのらねばならなかったかについては前に書いた)だけで毎日8百円かかるのである。差引き生活費はゼロだ。そこへ一家離散したのであるから、あらためて洗濯機やテレビを買わねばならぬ。この月賦をどうするか? ボツボツ支払うべき借金もある。

江分利は、いままであまりやる気のなかったテレビ劇の脚本や、ラジオのディスクジョッキーのためのコントなどを引きうけることにした。江分利は東西電機の宣伝部に所属しているから、まさか他社の宣伝をすることはできない。従ってNHKか民放のサスプロ（スポンサーのついていない番組）ばかりだから稿料は安く、本数を余計持たねばならぬ。テレビ劇は毎週であり、ラジオは日曜を除く毎日のことである。そういう関係ができると他の番組が飛びこんできたりして、週のうち2日は徹夜、日曜はこもりきりという生活が続くようになる。江分利は髪ふり乱し（彼は31年頃から頭髪がゴッソリ減って、減った所へ全体をあわせるようなGIカットにしているから字義通りの実感には遠いが）という思いで暮す。疲れるから原稿があがると翌日は大酒を飲み（Crazy boy, get cool!）稿料の半分は飛んでしまうが、何とかやっていくだけの金は持って帰った。おどろおどろおどろしき暮しぶりである。

矢島や佐藤や柳原にはワケを話して江分利の仕事ぶりについてしばらく眼をつぶってくれるように頼んだ。いまの江分利から見ると誰も信用しないだろうが、入社して3年ぐらいまでの彼は、朝は30分か40分早く出勤して床を掃き、宣伝部全員の机を拭き、お茶をいれてスタッフの出てくるのを待つという勤務ぶりだったのだ。イイコになりたい、というのではなく、江分利は稀代のブキッチョで（正確にいえば頭が悪いということなのだが）下手なコピー（広告の文章）を考える以外に能がないので、雑役を買ってでただけなのだが……

年の内までという上田との約束もあり、あたらしくできた新婚者用・転勤者用のいまの社宅に赤羽常務に頼んで入れてもらったのは35年12月25日だった。

12月25日に江分利一家の3人が何をしたかというと、引越し荷物を解かずに、まず風呂を沸かしたのである。上田の家にいたときは銭湯へ行った。それも億劫になりシャワーボックスや盥で行水したりしたが、寒くなるととかく手足を拭くだけで寝てしまうことが多くなった。麻布の家の2坪はたっぷりある総檜の風呂場だけが懐かしかった。

その日、江分利と夏子と庄助はかわるがわる3度も風呂に入り、手桶でいくら掬っても垢がそのたびに水面に厚く浮いた。（庄助はいまでも12月25日はクリスマスではなく「お風呂の日」と呼ぶのである。それに彼は喘息のためによいという冷水をそこで浴びることもできる）東西電機のテラスハウスは江分利たちオヤコサンニンにとって、ちょっとした天国だった。家賃はぐっと安くなり、年が明けて給料も少しあがった。江分利は庭に一面の芝生を敷きヒマラヤ杉を植えるのである。電気冷蔵庫（瞬間霜取脱水装置・バターボックス付きだぜ）も36年12月で月賦を完納した。

そこへステレオがやってきたのだ。まだ1度も支払いをしていないが、今年中には自分のものになるだろう。幅1メートル強で、よほど耳を近づけなければステレオであることが分らないが、それでもステレオはステレオである。

ここまできた、やっとここまできた、という思いで江分利は胸がいっぱいなのだ。涼しそうなふりして暮してきたが、江分利はこの数年背広1着靴1足つくったことがない。実をいうと、江分利はもうステレオなんかどうでもいいのである。ブラームスもシベリウスもあるものか。ベラ・エレンもオスカー・ピータースンもどうでもいい。

江分利は酔って（このごろ酔うと少しおかしくなるのデス）蛮声をはりあげた。

「ヤァルと思えばァ、どこまァでェヤルサ」

矢島も佐藤も仕方なく唱和する。

「ギィリがァ、すたれェばァ、この世ォはァ闇さ……」

# カーテンの売れる街

## ■公園で何をするか

江分利たちの社宅は、東横線渋谷駅と桜木町駅のちょうど中間、渋谷から行くと多摩川を渡って3駅目の所から北へ10分ほど歩いた位置にある。東京都大田区と横浜市港北区にはさまれて帯状に細く北へのびた川崎市のやはりまん中へんであるが、住んでいる感じとしてはあくまで、渋谷と横浜の間である。

従って、休日にどこかへ遊びにいこうかというときに、東横線で桜木町へ出て、野毛山の動物園か外人墓地を散歩して、元町でショッピングをして、菊屋でお菓子を食べ、南京街の海員閣で食事をして、山下公園へ出て、ニューグランドホテルでお茶を喫みながら船を見ようというプランと、逆に渋谷へ出て車で小石川の植物園（おそらく現在は文京区の東大理学部付属植物園とでもいうのだろうが）へ行き、団子坂を抜けて谷中墓地を歩き、浅草で食事、または浜離宮園で遊んでから銀座を歩き魚河岸で寿司を食べるというようなプランとに迷うことがある。（ついでながら、江分利は滅多に映画は見ない。映画を見るくらいなら公園を歩く。公園ならどこでも有難い。何故公園が好きかといわれても、それがよくわからない。それなら自然とか植物が好きかというと、そうでもない。登山・温泉・景勝地・旅行などすべて嫌いである。公園なら、さんざんに荒らされてしまった日比谷公園でもよい。日比谷公園の各入口の門の名はすべて諳《そら》んじている。日比谷公園には無名門という名の門があるのをご存じか。公園なら小田原町3丁目門跡橋の20坪位の酔っぱらいが立小便をするためにあるような公園でも気になって仕方がない。あそこのブランコにはまだ乗ってないな、という心残りみたいなものが始終頭を離れぬ。いったい何だってあんな所に公園をつくったんだろうか。町内のオジサンたちが集まって「ええ、どうもお忙しい所を……実はほかでもねえんですが、餓鬼どもの遊び場がねえってことは今日日《きょうび》の大問題ですが、私たち魚河岸《あし》の野郎は餓鬼の面倒見ることが出来ねえもんでやんすから……さいわい、お寺様の土地てえものが……あ、どうぞ皆さん、おたいらになすって……米《よね》さん、今日はマジメな会《けえ》だから酒はでねえよ」とやたらに恥ずかしがりながら、煎餅とバラのキャラメルが一緒盛りになったやつを食べながら、ブランコが幾ら、スベリ台が幾ら、ジャングルがいくらと計上して造ったのだろうか。折角造ったのに子供たちはちっとも利用しないでテレビばかり見ているので、それがまた役員たちの頭痛の種となっているのではないかと様々なことが気になって仕方がない。映画館は欲得ずくで建てられるが、公園は小さければ小さいほど、善意のよりあいみたいな趣がある。公園はアホラシイところがある。無意味の意味みたいなところがある。江分利は公園に行って何をするかというと、ベンチに坐って茫然としてウイスキーのポケット瓶を飲むのである。酒の持込みを禁止されている公園ではかくれて飲むのである。終始ニコニコしている。こんなに機嫌のよい江分利を見たことがない。思索にふけっているように見えることもあるが、実は、何も考えていない。そして、遊んでいる夏子と庄助を眺めるのである。俺は何もしてやれなかったナと思い、仕方がねえやと呟きながら飲むのである。アベックや家族連れを眺めるのである。公園で気にいらないのは園丁だか警備員だか知らないが、やたらに規則をふりまわす奴等である。公園に遊びにくる人に悪人はいないと思うのだが、やたらにうるさい。江分利は映画はきらいである。どんなに評判のよい映画を見てもシラジラしい気持になる。20代の人に映画と推理小説は嫌いだと言っても信用されないので、彼等にとって映画と推理小説は必需品みたいになっているので信用されないのだろうが、だから言わないことにしているが、嫌いだということはウソではない。ついでながら夏子の死んだ父は小学校を出ただけで、字もロクに読めなかった人だが、猛獣映画だけは欠かさず観に行っていた。何故かこれが映画に対する正しい鑑賞態度だという気がしてならぬ。ついでながら（シツコイね）江分利の好きなのは公園と運動会と赤ん坊とライン・ダンスである。運動会があると、どうしてもちょいとのぞいてみようという気になる。運動会のどこがいいかというと、運動会なら全ていいのであるが、なかでも一生懸命なのがいい。体操の先生なんか、白いズボンをはいてはりきっちゃってるからね。女の先生も普段よりちょいと濃い目の化粧で、そうはいっても先生だから化粧が下手で、口紅なんかはみ出しちゃって、頬紅なんかもつけ過ぎちゃって女金時みたいになっているところが、実にどうも色っぽい。そこへもってきて鉢巻しちゃって声も上ずっているから、なんとも凄艶とでもいうより仕方がない。校長だっていろいろ気をつかうからね。青年団で借りたテントの中にいても怪我人が出ないように、PTA会長にジュースが出てるかどうか、ずいぶん心配しているんだ。父兄席。これが泣かせるね。金持の学校もいいし、貧乏人の学校もいい。金持の学校ではミンクのコート着たのが、絶叫してるからね。どうかして我が子を1等にしたい、つつがなく上級の学校へやりたい、先生にもこの機会にご挨拶申しあげたい、どうしてうちの子のパンツはあんなに汚いんだろう、体操服で寒くないかしら。とにかく夢中だ。貧乏人の学校はコンクリートの上に莫蓙敷いちゃってね、重箱持ったお婆ちゃんや、菜っ葉服にドテラで末の子を負った父ちゃんや、パーマかけた母ちゃんが震えながら応援してるなんざ、涙だね。校庭は狭く校舎で日陰げになるから、あんな寒い所はない。「あら、遠山さんのお嬢ちゃんの可愛いこと」と口では言いながら目は我が子だけを追っている。そこへ赤鉢巻のうす汚い子が当日は主役だから横柄な口調で「ちぇっ！　オムレツはもうねえのかよ」なんか言いながら、ノリ巻をひとつ取って駈けてゆく。運動会にオムレツという感覚が実にシャレていると思う。勿論、生徒たちは上気している。ひそかにサロメチールを用意をして肢に塗っている抜け目のない子がいる。これで肢が軽くなると信じているわけだ。小遣銭に不自由してる子は、医務室に忍び入ってヨーチンをぬってくるから、いかにも勇ましい。速そうに見える。もっと貧しい子はグリコだ。1粒300メートルだから3粒も食べれば必勝疑いなしと信じているから健気なもんじゃないの。江分利は小学校時代、家がひどく貧乏していたからよく分る。江分利はサロメチールを買ってくれなんか言わなかった。弁当もいつもと同じアルミの弁当箱だった。オカズは牛蒡かイカを甘辛く煮つけた奴だった。金持の子はコンビーフの罐詰なんか持ってやがる。柿に初物の青い蜜柑なんか持ってる。まあ、たいがい誰かが何かをくれたけどね。とにかくみんな一生懸命なところがいい。つぎに運動会のどこがいいかというと、古風なところがいい。およそ、運動会ぐらい昔と変らぬものはない。十年一日というが、江分利の子供のころのと今のと全然変っていない。赤組・白組、赤帽・白帽、赤鉢巻・白鉢巻、木綿の体操服、足袋跣《たびはだし》という服装もそうだし、遊戯・徒競走・スプーンレース・毬入れ・2人3脚・障害物競走・騎馬戦・棒倒し・帽子取というプログラムまでそっくり同じである。個々のゲームの仕方まで実に古式豊かなものであって、毬入れの赤組と白組の点の数え方は、両方で毬を出しながら「ひとおつ、ふたあつ」と数えるのであるが、そのアクセントまでちっとも変らないし、障害物競走に使う梯子抜けや網くぐりも同じだし、騎馬戦でしずしずとあらわれる時の曲はいまだに「吉野を出でて打ちむこう、飯盛山の……」と『四条暇』である。入城門・退城門というシツラエも同じだし、徒競走の賞品はノートに鉛筆ときまっている。高潮場面に流す音楽はオッヘンバッハ作曲『天国と地獄』とロッシーニ作曲ウイリアム・テル序曲のうちの「嵐」と、「スイス軍の行進曲」。昼食のときは『ウイリアム・テル』の「夜明け」と「静寂」である。何時の代にも改革者といわれる人物がいるものであって、江分利の小学校時代にもそういう教師がいて、新しくバスケットのボールを股にはさんでピョンピョン飛びながら走るというゲームを考案して、先生方にやらせたがこれはマズかったね。女の先生なんか途中で真赤になって立往生しちゃった。古式豊かという点では相撲など足もとにも及ばない。何だねえ、6場所制とは。運動会は1年1回きりだよ。どだい緊迫感がちがう。そのつぎに運動会のいいところは、どことなく不条理な点がいい。運動会はなんといっても徒競走がサワリであるが、校庭は狭いからカーブが多く、号砲一発駈けだして最初のコーナーでハナに立ったら容易に抜けるものではない。ワッと歓声があがって、出遅れて、うしろについたらもうそれっきり、畜生！　俺はあいつより速いはずなんだがと思ってももうダメなんで、ゴールへまだ20メートルもあろうというのにもう次のレースのピストルが鳴って、ワッと歓声があがって、もうこっちなんか見てくれない。あのときの実になんとも口惜しいような情けないような、椎の実みたいな睾丸がちぢみあがるような、男の敗北の辛さ悲しさが全身を貫くような。あれは人生だね。ドラマだよ。ゴールで3等の旗持ったお姉様に摑まえられてしまう、無念、屈辱感。江分利などはこの敗北感が一生つきまとっているような気がしてならぬ。そうこうするうちに6年生の人間ピラミッドが終ると、秋の日は釣瓶落し、最後は呼物の赤白対抗リレーである。各学年の花形だから、声援もひときわあがり、そうなると見物席も乱れて、環がちぢまって、走者と顔を接するばかりとなる。ただ夢中、ただ昂奮。そして必ずどっちかが転ぶんだなあ。「あら可哀そうに三島屋のケイちゃんだよ」三島屋のケイちゃんは立ちあがって膝小僧から血を出して力走するんだ。拍手、感激。これ以上の感激が世にあろうか。大差でもって赤組の勝ち。号砲が鳴って虚脱感。とたんに便所へ行きたくなる。明日は疲れ休みだ、今年も、白組は負けたのである。いいねえ、運動会は。ついでながら、最後に何故江分利は赤ん坊が好きかというと……いやこれはいつか書こう。ただ、なんとなく公園と運動会と赤ん坊とライン・ダンスはどこかでつながっているように思うのだが……

## ■街の匂い

さて、江分利たち東西電機の社宅は、東横線渋谷駅と桜木町駅のちょうど中間、南北に細く帯状にのびた川崎市のやはり真中へんに位置している。

川崎市の名産は何か。無花果《いちじく》である。無花果はどういう土地にできるか。わるい土地にできるのである。もし、それが川崎市でないとしたら、無花果はたいてい日の当らない裏庭に植えるのである。裏庭に隆々と茂り大きな実をつける無花果とは不思議な植物ではないか。

江分利家の庭の土質は全て赤土と粘土である。粘土であって水はけが悪いということは、雨がふるとビショビショになって乾きが悪いということである。赤土が多いということは、晴天が続くとカサカサに乾いてしまって、ひどい土埃が立つということである。地面がすっかり乾いてしまって、そのくせよく見ると表面にうっすらと苔が生えているというようなことになる。江分利は、深々と黒っぽい土にあこがれる。さわやかな砂地にあこがれる。

1週間も晴天が続くと、茶袱台も仏壇も埃をかぶる。そこへ大風が吹いたりすると濛々たる土埃で、天が暗くなる。百メートルさきの風呂屋の煙突が見えなくなる。干物はとりこまねばならぬ。空地のなかの建て売り住宅で空家が1軒ある。3人か4人住んでみて、すぐ引越していった。何故かというと、ポツンと1軒建っているので特に埃がひどい。奥さんが乳幼児を寝かしつけて買物にいって帰ってきたら、赤ん坊が全身埃をかぶって寝ていた。そうして赤ん坊の鼻息が当る部分だけ、わずかに埃がなくてフトン地が見えたという話もきいた。そこだけはいまだに買手がつかぬ。それほどヒドイ。これは、ひとつには附近に大学や中学のグラウンドもあって、そこから土埃が舞いあがるためでもある。(大学ではグラウンドに芝生を植える約束をしてくれたそうだ)

江分利たちの家の周囲に、ぞくぞくとアパート式の社宅が建ちはじめた。日立造船、丸善石油、東芝、日航、住友系某社、ナントカ毛織、ナントカ製作所……みるみるうちに巨大なアパート群が建ち、空地がつぶされ、田圃が買いとられてゆく。はやりの団地アパートも建つ。渋谷駅へも桜木町駅へも20分、工業都市の川崎駅へ25分。日吉の慶応、武蔵小杉の法政という文教地区でもあり、東横沿線という一種のムードもある。商事会社も京浜の工業会社もここに狙いをつけるのはムリもない。それともうひとつは、いまの求人難と住宅難である。美麗な独身寮、結婚したら団地アパート式社宅というのは誘致策として甚だ当を得ている。

この界隈の、買物時の賑わいといったらない。ひところの中央沿線、高円寺・阿佐谷・荻窪の活況に近づきつつある。魚屋、肉屋、八百屋がウソのように儲かる。肉屋がシッカリためて、そこでまたアパートを建てたなどという話もきく。

カーテン用布地が飛ぶように売れる。親の家や、下宿さきから、新築のアパートや社宅へ移ったときに真さきにいるものはカーテンである。窓の多いアパートやテラスハウスでカーテンがなかったら裸同然である。この頃の建物には雨戸というものがないからだ。

カーテン用布地が飛ぶように売れるのは、そういう建物がやたらに建ちはじめた証拠である。

従って幼稚園や小学校は忽ちふくれあがる。そこでも増築がはじまる。いまや、庄助の学校では、土地の子供と社宅の子供がちょうど半々であるという。1学級60名が6クラスもあるという。

どういうわけか、薬屋と床屋がやたらに新規開店する。江分利の家から駅へ行くまでに薬屋が6軒、床屋が5軒ある。どういうわけかラーメン屋と寿司屋以外の飲食店が出来ない。食べ物屋は概してまずい。即席ラーメンとインスタント・コーヒーが売れる。

食料品店、雑貨屋、荒物屋、クリーニング店、洋品店、本屋、文房具店が建つ。まるで西部劇にでてくる開拓地の様相である。

しかし、店屋の底の浅いことは驚くべきものであって、たとえば帽子掛けを買おうと思って雑貨屋か荒物屋へ行っても、どこへ行ってもセルロイドだかポリエチレンだか、2箇15円のと1箇5円のとの2種類しかない。これでは客が来て、一寸厚手のオーバーをかけると折れてしまうのである。どこの店もなにかヨロズ屋的であって、なんでも一通りは売っているが、たとえば御飯茶碗だけに限ってみると、その種類は実に貧しいのである。

クリーニング屋はノリをベタベタにつけてくる。本屋へ行って「新潮」をくださいというと「週刊新潮」を持ってくる。いえ「新潮」ですというと「小説新潮」を差しだす。そうじゃないただの「新潮」ですというとそんな本はありませんという。万事につけて素人くさい。商人としての権威がちっともない。東京の都心の本屋へ行って、たとえば、室生犀星の本を読みたいんだといえば、バタバタッと10冊ぐらいそろえてくれる。おまけに『蜜のあはれ』を指して、これは遺稿ですなんかいう。亡くなる前に出た本が遺稿であるわけはないんだが、それはそれとして見識というものだ。本屋としては間違っていてもそれ位の見識は持ってほしい。東京で小刀を1丁欲しいと思って刃物屋へ行って物色していると、奥に坐った眼鏡かけた隠居みたいなのが、旦那こんなのはどうですといって、職人用の特別製を持ちだしてくれたりする。買う買わないは別としてショッピングのよさ、面白さはそこにあると思うのだが、ここでは、それがない。

自由ケ丘あたりだってそうだ。自由ケ丘夫人などという言葉もあって、大層のように聞こえるけれど、買物の中心地みたいだけれど、専門店ということになると貧弱このうえない。奥にギョロッと眼鏡を光らせている主人のいる店なんてありはしない。老舗は全て都心の出張所ばかりだ。

街に歴史がない。だから街の匂いというものがない。街の季節感なんてまるでない。飯場人足がうろうろしている開拓地だ。

たとえば、ある街に住んで、近所に一刻者だけどうまい職人のいる散髪屋があるとか、7時以後は水が悪くなるから冷奴は食わせねえなんかいう飲屋があるのはウレシイものだ。（余談だが、午前2時まで営業する有名寿司店など信用する気になれぬ）江分利も麻布にいたときは、福吉町や西久保巴町あたりまで歩いて古道具屋をひやかしたり、ふいに思いたって車で銀座へアイスクリームを食べにいったり、12時すぎてから夏子と六本木のナイトクラブへ行って飲んだりしたものだ。それが、街に住む、ということではないか。

墨田区吾嬬町とか中央区小伝馬町とか台東区龍泉寺町とか上野桜木町とか、豊島区雑司ケ谷とか千代田区一番町とか渋谷区羽沢町とか、まあどこでもいいけれど、それぞれ違った街の匂いを持っているのではなかろうか。街のたたずまいというものがあるように思われる。春なら春の、秋祭りが近づけばそれの、暮には暮の季節感というものが濃密にただよっているのではないか。駒込神明町に住む人には神明様の祭礼というものがどこかにしみこんでいるのではないか。雑司ケ谷の人は鬼子母神の境内のひんやりした空気というものを、たとえ年に1度しか行かないにしても肌にしみこませているのではないか。

江分利が、東京麻布で昭和20年5月の空襲に遇って、あたり一面焼野原になったときにうけた最大のショックは、銭湯の横の10銭銀貨を2枚拾ったことのある細い抜け道が、あらわになって、平になって、つまり、なくなってしまったことだった。悪童連の溜り場であった抜け道のなかの1坪ほどの空地があらわになって、つまり溜り場が消滅してしまったことだった。

ここには空襲になって、焼野原になって惜しいと思われる「何か」がない。ヒッカカリというものがない。規格通りの建物が焼けても、あとに同じ規格品が建つだけだ。サムシングがない。

## ■ベッド・タウンへの道

つまり、江分利たちの社宅が建っている近辺は、勤め人がただ寝にかえるためだけの土地だ。北多摩郡田無町、松戸市の一部、大宮市の一部なんかもそれではないか。買物も遊びも食事も、その土地ではしない。町内の催しや近所づきあいもない。誰もが小金をためて、気のきいた所へ家を建てたいとねがっている。あるいは郷里へ帰るまでの一時的な住家だと思っている。みんなが逃げ腰だ。

江分利は川崎市のこの近辺に対する恨みをいだいているワケではない。いいことでいえば、市民税が安く水道の水がうまいうえに断水がないのが有難い。社宅自体についても文句はない。社宅とはこういうものだと思っている。昔者の大工の建てた平屋に住みたいというねがいは、ずっといだきつづけているが、そんなゼイタクが許されるはずがない。

しかし、また心中索漠の感がないとはいわれぬ。東京に育って、東京の街や公園が好きで、外国へなんか金輪際行ってやるもんかという江分利に、世界は山の手線の内側だけあればよいと思っている江分利に、索漠感があるのは当然のことだろう。

江分利はナンダカンダ理窟をつけて、月に1度か2度は都内の旅館に泊る。それもワザと下町の和風旅館に泊る。すでに顔馴染になった旅館もある。仕事の関係でやむを得ず泊ることもあるが、たいていは寿司を食べたあとにコーヒーが飲みたくなるように、江分利はそれを求めるのである。夜中に眼覚めてあたりがシンとしていると「ああ」と思う。ベッド・タウンと東京の下町の寝心地とを時に中和させる必要があるように思うのだ。おかしいことに、夜は下町の方がずっと静かなのだ。ここには発展というものがない。ここは心をしずめてくれる。

東西電機の終業は5時である。5時に帰ることはまず不可能で、早くて6時である。これから家まで1時間10分と思うと、うんざりする。ラッシュも辛いし、自分と同じ年齢、同じような勤め、同じような給料、同じ顔つきと同じ疲れ方をしている人間と乗りあわせて帰ることを思うと心が重くなる。かりに7時10分に家へ着いたとして晩酌と食事の終るのが8時過ぎ。もう何をする気も起らなくなってしまう。机に向って固い本など読めるものではない。

だいたい、12時に昼食をして、夕食が7時過ぎというのは、ちょっと無理だ。疲労と空腹で、中継所をもうけたくなる心境の方が肉体的にも心理的にも自然ではないか。江分利にはすでにして索漠の感がある。索漠のおもむくところは、スウィンギング・ドアである。

「どうしてこう、毎日飲むんだろう」と小沢がつぶやく。

「疲れるからでしょう」と江分利。

「疲れるからかなあ、ほんとに疲れるなあ」

小沢は40歳をすぎてまだ独身である。

「それと、家が遠いせいでしょう」

「それも、ある。しかし、飲むと結局はもっと疲れるんだぜ」

「そうですね、消耗しますね」

「翌日が辛くてね。バカな金つかった、ムダに時間をつぶした、体力を消耗した……」

「ムダな時間、ではないでしょう」

そこへ、桜井が入ってくる。江分利にとって、小沢も桜井も仕事のうえの関係はない。年齢も学校も関係ない。飲むだけの友人である。桜井は奥に坐って「や」と目だけで挨拶する。江分利は小沢や桜井にあうと妙な安堵をおぼえる。この2人は、江分利が徹底的に飲もうと思えば最後までつきあってくれる。さきに帰るといえば決してひきとめない。江分利が2人に対する態度も同様である。

江分利は「大日本酒乱之会々員」を自称している。会員は江分利1人である。しかし、江分利はひそかに会員候補者を何人か頭に描いている。桜井なんか副会長にしてもいいように思う。酒乱とは何か。江分利のいう酒乱とは、飲もうといったときに最後までつきあってくれる人たちのことである。この人たちに悪人はいない。単純で、純粋型で、感激型で、桜井にいわせれば単細胞である。他人のファイン・プレイを発見して喜ぶタチである。このタイプの人にバーであうと、江分利にはそれが一目でわかる。

「昨日の、鈴木武、見た?」

桜井は大洋ホエールズ鈴木武のファンである。

「見たよ。7回裏の2死1、2塁で、深いショートゴロをとって、1塁へ擬投してからサードへほうったプレイだろう」

「ちぇっ。知ってやがら」

「知ってるさ」

小沢は阪神タイガース鎌田2塁手のファンである。鈴木武と鎌田がはじまると長くなる。小沢も江分利も疲れているはずなのに、水割りが2杯も入ると別人のように元気になる。時間でいえば、8時ごろが威勢がいい。

「ちょっと、出ようか」と桜井がいう。

これで、桜井と小沢と江分利のホームグラウンドともいうべきバーを1軒ずつ廻ることになる。江分利は時計をちらと見る。夏子はもうあきらめをつけた時間だ。8時前に帰らなければ12時過ぎ、というのが公式のようになっている。(たいへんな中継所だね)すべてこれはベッド・タウンが悪いというのではない。全部がベッド・タウンのせいではない。しかし、ベッド・タウンへ辿りつくまでの道は、実にはるかに遠いのである。

# これからどうなる

## ■賭けと読み

「江分利さん、これ見てごらんなさい」

企画課の高野がキャビネ判の写真をもってきた。

「これ見て、何かがわかりますか?」

写真は去年の秋、六甲山へ社員旅行したときのものである。東京から六甲山というのもおかしな話だが、毎年の社員旅行で関東近辺は、箱根・熱海・伊東・長岡・伊香保・鬼怒川・赤城山・軽井沢・水郷めぐり・房総めぐりなど、すべて荒らしまわったあとなので、総務課・厚生課などが困りきっているのを知った赤羽常務の、

「よっしゃ、一丁、関西旅行とはりこもうやないか」

という提案できまったものである。夜、発って、翌朝から京都見物で大阪泊り、次の日は六甲で遊んで有馬温泉泊り、3日目の朝、現地で解散という日程であるが、日曜を1日はさんでいるから、実際には休暇は2日間で例年通り、特別に社員負担2千円払わされたから、会社側

の損害は軽微である。このへんの常務の計算は実に確かなものだ。

それにしても、毎年の予算からはちょっとはみだしているのは間違いない。昨年の弱電部門の異常とも思える売れゆき、さらに62年度の各種新製品発売、これは東西電機の好調な発展ぶりを示すものではあるが、それだけに社員の労働負担は重くなっている。それへの配慮と考えてもよい。東西電機の社員は、大半が関西出身であるが、会社の伸びに従って近頃は目だって、東京・関東・関東以北の人間が増えてきている。この社員旅行の日程には摂津富田の新工場見学と、大阪支店訪問が組まれていた。大阪支店といっても、人員や機構とは別に、もともとが関西系の会社であるから雰囲気としては本社的であって、有馬温泉へは老会長も専務もやってきて（ホントはいらっしゃってと書くべきだろうが）挨拶した（ホントは訓辞であろうが）ときは、大広間にピリッとした空気が流れた。なぜピリッとしたかというと、みんなが神様みたいに思っていて、大番頭を自任している赤羽常務が正座してかしこまったからである。東西電機の62年度の新入社員は200人を越えた。社員総数1300人に対する200人であるから容易ならぬ数字である。そこへ、正月から主として営業関係であるが、経験者の途中入社が43名もはいってくる。会長は、君たちは東西電機の伝統を守る中核社員であるという意味のことをいった。つまり、東西電機という会社が大企業へ一歩のりだしたという感じを述べ、みんなも、それを感じた。

いままで、東西電機では毎年の販売計画に従って作業予定を組んでいたが、電気冷蔵庫・扇風機・テレビなどは予測をはるかに上回る売行きを示し、最盛期をまたずに品切れとなったり、市場調査で予定した数量の2倍を上回るような新型製品もあって、そうなると、たとえば、小売店関係の営業第5課では6人増員すればまかなえると思っていたのが、15人でも足りないようになり、毎月30時間平均の残業予定が百時間を越え、パートによっては2百時間などというのもある。2百時間の残業というのは、かりに毎日曜日に出勤したとしても、平日は朝9時に出て社を出るのが12時過ぎということになる。課長クラスで250時間などという人がいるが、とても人間業ではない。留守部隊である販売内務課員などは、売行きが増すと、忽ち目の下が黒ずんでくる。売れない製品を強引に売ることにファイトを燃やす人たちも、品切れで問屋筋や小売店やデパートからの引きあいが殺到すると、ヘドモドしてしまう。疲労が重たくなってくる。残業手当が給料を上回って、だからたしかに所得倍増になっているのだが、疲労して、帰りに飲んだり、車で帰ったり、出張のときに1等寝台をおごったりで、結局はそうはプラスにならない。

そこへ、今日では輸出ということがある。国内をある程度ガマンしてもトランジスタテレビなどはそっちへ回さなければならない。そのための新しい部署ができる。語学のできるヤツがそっちへひっぱられる。人員が増えればそれだけ総務課・労務課・経理課の仕事が増えるのはわかりきった話だが、そっちの方の増員はとかくおろそかになる。なるばかりか、売行きが増せばどうしたって営業中心になり、業界および社内事情に通じた優秀な人材がひっこぬかれてゆく。だから、経理課に新しい計算機を買えば、そのための技術者をいれなければならぬ。というわけで、会社の進展は社員にとってこれ以上の喜びはないのだが、重たいことも重たいのである。

東西電機では62年度新発売の超小型テレビと10万円を割る普及型のルームクーラーに社運を賭している趣がある。テレビの方はまず予定数量を売りさばくメドがついているが、どの程度の出荷でおさえるか、他社の動静は、ということになると面白いことは面白いが、販売内務課あたりはやっぱり頭が痛い。やれやれ、またしても会議の連続か、という気持を全員が重苦しく思っているにちがいない。ルームクーラーは62年度が勝負の年といわれている。鉄筋コンクリートの家が増えるとクーラーは俄然偉力を発揮する。日本間の多い大きな家では4、5台が必要になる。去年は扇風機だったが、今年はクーラーだ、いまや暖房から冷房の時代へ移ったというのが宣伝部の合言葉みたいになっている。とはいっても、クーラーが思惑どおりいくかどうか、なにしろ10万円を割ったのはかなりの量産を意味しているから、この方はテレビよりも賭の要素が濃い。

それと、小物だが、江分利は2千5百円の乾電池を使った電気カミソリJQ25型が今年は面白いと思っている。従来の電気カミソリはコードがあるから利用範囲が限られていた。しかしJQ25型はちょっと面白い。蒸しタオルなしでいける。朝なんか、これで5分は違う。車の中でもいける。会社の机のヒキダシにいれとけば、夜お客さんをするときに、ちょっとつかえる。出張や旅行のときに、朝、汽車のなかでやれる。デザインもいい。家にひとつ、車のなかにひとつ、会社にひとつ、旅行セットにひとつ、と考えると、江分利は（イケル）と思う。次の宣伝会議には、JQ25型の新聞1頁広告を打つように発言しようと思う。流行の石油ストーブだけは、研究だけで、発売をやめた。「なんや、うちは電気屋だっせ。いくら売れるからって、今更石油ストーブが安あがりなんて広告がでけるかいな、なあ江分利、お前はそう思わんか」赤羽常務の意見で、折角売れるにきまっている商品を見送ったのである。こういうところが江分利は好きなのだ。江分利が常務に惚れているのは、ここだ。

しかし、製品が売れるということは、それだけ、なにやかやたいへんなことになってくることは、いま書いたとおりだ。そこへもってきて、弱電気のヨワイところは、なんといっても、消耗品ではないということだ。電気冷蔵庫は、まず1家に1台あればことたりる。だから、いま新型の冷蔵庫をもっている家庭は、まず成りあがりと見てよい。戦前からの金持はヒドイのを持ってるよ。音がしてうるさくて寝られないなんていうのを持っているのは、由緒ある金持だ。テレビだって、東西電機は「1家に2台、兄さんナイター、私はドラマ」なんてまずいキャッチフレーズで売れているが、1家に2台なんていう時代は、すぐ来てしまう。まさか、1家に3台とは言えないからね。扇風機しかり、掃除機しかり、洗濯機もステレオもそうだ。そんなに買ったら寝る所がなくなってしまう。つまり、ゆきわたってしまえば、とたんにアウトである。そのへんの「読み」がむずかしい。

戦後すぐ、カメラブームというのがあった。カメラとフィルムがやたらに売れた。しかし、カメラはもうゆきわたってしまった。だから、伸びがわるい。東西電機にもおっかないところがある。新型といっても限度がある。実におっかない。江分利は、飲みものや、化学調味料などの食品業界というものをうらやましく思うことがある。会社はじまって以来の250人近い増員といっても手離しで喜ぶわけにはいかない。売行きのカーブが落ちたらこれが重ったくなってくる。といって現状では増員せざるを得ぬ。いまいる社員も、首脳部も、これが、会社の伸びが嬉しくもあり、重くもあるのだ。

それやこれやを考えると、赤羽常務の打った関西旅行というテが実にウマイものに見えてくる。あんな頭のいいヤツ、回転の早いヤツにはかなわん、と思う。しかし、だから頼もしい、とも思う。

六甲山はそういう旅行だった。

## ■もてない江分利

「わかりませんかねえ」

と高野が言う。江分利は商売道具のルーペで丹念に見てみる。わからない。

「女の人をよくみてみなさいよ」

「女って、誰よ」

「よく見てみなさいよ、ホラ、2人ずつ、いっしょでしょ?」

「なるほど」

六甲山は寒く、山頂での記念撮影は、仲のいい同士が身体をくっつけあった形に、自然になっている。

「なるほどねえ」

「そうじゃないんですよ」

「……」

「わからないかなあ。その2人ずつ一緒になった女の子の顔やスタイルを見てごらんなさいよ」

江分利は、目がギラギラしてくる。左目が疲れてくる。数をかぞえる。2人ずつ、14組、28

人。

「竹田さんと藤田さん、栃折さんと富永さん」

江分利は、ハッと思う。竹田・栃折は、まず東西電機独身寮で人気投票すればトップを争う2人である。この2人は寄りそってない。そういう見方で見れば、なるほど、この写真は面白い。

美人・不美人といってしまえば残酷だが、そういう見方で見れば、この写真は、そうなっている。14組が、まずカッコいいのとわるいのとでコンビになっている。不美人と不美人がくっついている組も少しはある（美人の絶対量が足りないので）が、美人と美人の組み合わせはない。あり得ない。

不美人が美人を求めるのは一種の代償行為ではあるまいか。男にチヤホヤされたいという願いを相手によって満足させるのである。そのうちに、まるで自分がチヤホヤされているような錯覚におちいるのである。美人が、東西電機のように急激に伸びた会社、従って若い独身男性の多い会社に入社すれば、まず男関係のトラブルのなかにまきこまれる。不美人は、美人とともにそのトラブルにまきこまれることを願うのである。

逆に美人が不美人を求めるケースもある。不美人のなかには、男性化、中性化していくタイプがあって、さばさばして物わかりがよく、仕事もできて頼りになるようなのを、美人が求めるのである。これも一種の代償行為といえなくもない。

不美人が美人を人形のように扱っている組もある。不美人は美人に、自分には似あわない洋服を着せ、髪形をさせ、化粧のアイディアを提供するのである。決しておそろいの服をつくらない。

美人がひきたて役として不美人を求めるようなこともある。

頭のいい不美人は優秀な美人を獲得する。そして勢力を得るのである。

どの場合でも美人と美人のカップルは成立しない。

男はそうではない。江分利が見ても惚れ惚れするような2人が、仲がいいということがある。

東西電機では、概して女子社員の方がデキがいい。デキがいいという言い方は適当ではないが、たとえば出身校（ほとんど高校卒である）をみると、男よりずっといい。出身校だけでなく、そのなかで1番とか2番で卒業したのが何人もいる。そのことを総務課の柴田ルミ子にきいてみたことがある。

「私も驚いたわ、この頃の若い人」

女子部の総会があって、こんなことをいう新入社員があったという。どうせ私たちは長くて5、6年で退社しなければならない。とすれば少しぐらい荒っぽい職場でも給料のいい方がいい。東西電機の弱電部門の異常な伸び方については彼女たちもよく知っている。先生もそのことを教えてくれた。特に一昨年は、安定した大企業の係長クラスのボーナスを女子社員たちが貰った。だから銀行とか官庁とか、結婚するためには体裁のいい花嫁修業みたいな職場よりも、実質的にいい東西電機で5年もはたらいて、自分で持参金をこしらえて結婚しようと思って入社したのだと言ったという。金を持って結婚すれば、夫婦生活でもいきなり優位にたてるというのだそうだ。

東西電機には、女子社員に関して結婚退職規定・出産退職規定というものがある。結婚退職は自己都合退職よりも率がいいうえに、だまって3万円がプラスされる。これがいつも女子部の問題になる。当然のことながら社内の種々の男女差の撤廃が女子部の中心議題であり、結婚退職規定のような妙なものをまずやめてもらおうと勇敢に発言して、盛んな拍手をあびるのであるが、いざ決をとると、不思議なことにいつもこの規定は残ってしまう。大半の女性にとって職場は腰掛けにすぎない。出産退職も有利な条件であるが、この方は妊娠6ヵ月を過ぎなければ適用されない。苦しい身体でその日まで出社を続けるという情況が見られることもある。

男女差について、江分利個人は、あった方がいいと思っている。女性は「いつでもやめられる」という姿勢でいる。男はそうはいかない。男はガマンする。時に屈伸戦法を考える。女性は正論を吐く。女性は家庭に帰ることができる。この差が待遇面にあらわれるのは当然のことだと思う。

六甲山の記念写真には柴田ルミ子もいた。柴田は、まあ美人の部である。キダテもいい。仕事もできる。どことなく情がある。しかし江分利は柴田の写真を見ると、やはり「畜生！」と思う。

柴田はこの秋に結婚する。いつかの手帳のことがあってから、江分利は柴田と妙に親密になった。一緒にナイターを見にいったり、ナイトクラブへ行ったりした。別にどうということはないが、仕事以外のことで社内の女性とつきあうのは柴田だけである。独身、27歳。かりに江分利と柴田とがもう少し妙なことになったとしても、ずるい考え方だが、向うにもいくらか責任があるということで、話をして面白いということのほかに、社内の若い女性と遊ぶよりは気が楽な面があった。

柴田の趣味は旅行である。めったに社を休むことはないが、休むときはかためて休む。そして突然会社あてに北海道や伊豆や瀬戸内海の島や箱根から変名で手紙をくれた。手紙には女の1人旅の感傷がにじんでいた。仕事上の伝言がはいっていることがあって、社内用箋がきれたので印刷屋へ注文してあるが電話でちょっと念押ししてほしいとか、宣伝課長に名刺をつくることを頼まれていて忘れて出てしまったが誰それさんに言ってくれとか、簡単な用件であるが、いかにも8年も会社にいた女性らしい感じで気持がよかった。変名で江分利に手紙を書いたことが発覚したときの、お互いの逃口上になるような配慮とも思われた。そういう心遣いが江分利には嬉しかった。

赤羽常務から、柴田ルミ子の婚約を聞かされたのは、今年の4月である。

「なんやお前、知らんかったのか。えらい仲ようしとったやないか」

江分利は柴田の婚約よりも、常務が江分利と柴田とのことを知っているそのことに驚いて、半分うわの空で聞いていたが、

「お前もアホやなあ、相手の男とよく伊豆や箱根へ行っとったらしいで……」

と、常務が江分利の目をのぞきこむように言うのには、ちょっとまいった。(そんなことはない、いやそうかもしれない)

江分利は柴田から直接話を聞いたのならむろん大いに祝福してやるつもりだった。それくらいの気持はもっていた。江分利のそういう気持を察してくれない柴田がわからなかった。婚約者と一緒の旅行となるとますますわからない。柴田は女の1人旅がどんなにたいへんなものか、いかに高くつくか、しかし私は1人でないといやなんだという話をよくしてくれた。

「2人分払うからといっても、泊めてくれない旅館があるの」

という柴田の甘えたような声が、まだ江分利の耳にこびりついているような気がする。江分

利にはどうも「女」というものがわからない。柴田から手紙をもらうと、江分利はよく女の1人旅について空想した。仕事中も、すると今頃は下田のあたりかなどと思ったものだ。そこに男の影はなかったのだが……。江分利は概して女にもてない。それほど不器量でもないし、ずいぶん気をつかっているむきもあるのだが、モテナイ。自分ではわからないダメなところがどこかにあるのだろう。不親切にみえるところもあるのだろう。

東西電機の営業部には、自分の嫌いなタイプの女性にもてる法というのをあみだした男がいる。その女性が夜、誰かとデイトするのをかぎつけると、みんなの前で映画に行きましょうと誘うのである。「私、今晩、都合わるいの」とでもいおうものなら、大声で「部長、僕はダメな男です。また振られました」と叫ぶのである。みんなの笑い声。同情。嫌いな女性もすまないことをしたと思う。好きな女性が、かえって「じゃ、私がつきあってあげるわ」ということになる。一石二鳥である。

まんべんもなくモテようと思って失敗した男もいる。彼は女子社員の自宅あてにせっせと手紙を書いた。特に出張先からは熱心に書き、会社では愛想をふりまき、東西電機の男性ナンバーワンであった。あるとき1人の女子社員が自慢そうに彼の手紙を見せびらかした。ところが、ほとんどの女子社員が「私も持ってるわ」と言いだしたのである。しかも文面は同じだった。

あなたと映画を見てアマンドでお茶を喫んだ夜が忘れられない。これでは女性が怒るのはあたりまえだ。忽ち失墜したのである。

## ■古いタイプ

立身出世なんか、つまらない。出世なんかしたくない、と口にだしていう社員がいる。どうもこれは一般の風潮らしい。しかし、口にだしていう社員をみると、だいたい出世する能力を欠いているか、そもそもヤル気がないかどっちかである。学生時代に左翼運動をやっていて、いまのサラリーマン生活は自分の仮の姿である。出世なんか考えてみたこともないという者もいる。しかし、もし10人の労働者の幸福をねがうなら、10人を動かせる地位にまずつくべきではなかろうか。

立身出世のために重役にオベッカをつかうなんてまっぴらだという人がある。しかし、オベッカをつかうことはそんなにたやすいことではない。へたなオベッカではかえって自分の地位をあやうくする。うまいオベッカを使うには、業界の動きや社内事情や社会情勢に通じていなくてはいけない。それは社員にとって勉強以外のものではない。勉強する社員が出世するのは当然のことである、と江分利は思う。

江分利自身は、もちろんそんないい社員ではない。しかし考え方としてはそうである。社員はもっと自然な機会をつかまえて自然に重役に接触すべきではないか。イヤないいかただが重役は生きた会社の歴史である。特に江分利たちのような宣伝部員は社長や重役の考え方をもっと知るべきであろう。

社員のたのしみのひとつに悪口がある。これも江分利は大いにやった方がよいと思う。いまの社員は組合にささえられているから、めったなことには首を切られない。休マズ、遅刻セズ、仕事セズでも給料はもらえる。いまや社員同士の切磋琢磨はカゲグチ以外にはない。カゲグチといっても、何かの経路でつたわってくるものである。江分利も何度か嫌な思いをしたが、反省の材料としたことも少くない。

東西電機の社屋は7年前まで倉庫の関係で品川の埋立地にあった。重役室も雨もりがしたし、南京虫がでたことなど、若い社員は想像もつかないだろう。当時の初任給は大学卒で税込みの1万円だった。その少し前には7千円である。いまの初任給は2万円を越えているが、当時でいえば2万円以上は若手の課長クラスである。いまは2万円以上でないと大学出の優秀な人材が集まらないからしかたがない。

当時は気軽に重役室へ入っていけた。担当者が直接よばれてどなりつけられることもあった。

「どや江分利、巨人・阪神見にいかんか」

「ええ、そうですね、帰りにエスポアール奢ってくれるならお供します」

「馬鹿野郎！」

「新喜楽でもいいですよ」

「もうええ、お前は来んでもええ」

こんなことが言えた。

社内に熱気があった。みんなカッカしていた。いまは少しちがう。

35歳の江分利と30歳の連中とは、どこかが少しちがう。30歳の連中と25歳までの新人たちにも気質的に断層がある。若い人たちは、よくもわるくも自己中心である。江分利たちには「一将功なって万骨枯る」みたいなところがある。すぐ万骨になりたがる。若い人たちのなかには会社を利用して自分を売ることに精だすのがいる。まあ、それもいい。

30歳以上の社員にとって結婚とは親の家を出て、あるいは3畳の下宿を出て、6畳1間のアパートへ住むことだった。結婚と6畳1間とは、妙に感覚的に結びついていた。当時は課長以上の社宅にも風呂つきはめったになかった。今は結婚すると最低で3間のテラスハウスにいれてくれる。風呂もモダンなキッチンもある。ずいぶんよくなった。

江分利たちが入社したころは、新入社員は工員は別として、50人をこえたことはなかった。だから社長もすぐ、名前と顔と気質とを一致して覚えてくれた。しかし、今年のように２５０人となるとどうだろうか。２５０人とったことは東西電機が大企業へ一歩乗りだしたことを意味している。

大企業となるとどうなるか。アメリカ式の社員教育や講習会がひんぱんに行なわれて、朝、顔をあわせてみんな同じ挨拶をするようになるのではないか。同じ顔つきになってゆくのではないか。立身出世は入社と同時にきまってしまうようになるのではないか。仕事をして出世するのではなく相手を蹴落すような具合になるのではないか。社員の気質を知らないで、噂やデータだけで配置転換が行なわれるようになるのではないか。社員はますます自己中心的になるのではないか。事務が機械化してヒューマンなつながりが失われてゆくのではないか。江分利のような古い型の人間は社員としてどうなるか。不安である。

# Ⅱ章　江分利満氏の華麗な生活

# 大日本酒乱之会

酒乱と酒乱が喧嘩した。

酒乱が酒乱を殴った。殴った酒乱は柔道6段である。しかし、殴られた酒乱は殴られた瞬間に相手の耳朶を喰いちぎっていた。

殴った方の酒乱が言った。「アイツはやっぱり酒乱だ！」


世の中に酒乱がいなかったらどうなるか。たとえば、飯岡助五郎と笹川繁蔵が利根川べりで10年間争った〝天保水滸伝〟において平手造酒（本名平田深喜）という存在がなかったらどうなるか。平手造酒は、飯岡方の殴り込みで斬られて死んだ。笹川方で殺されたのはこの男だけである。従って平手造酒の剣術使いとしての腕前はどの程度だったか、ほんとに強かったかどうかという点には疑問が残っている。しかし、彼が酒乱であったことは、ほぼ間違いなさそうだ。浪曲でいうと「酒が酒よぶ一杯機嫌」でケンカばかりしていた。「酒毒が廻って吐血」という状態になり、最後には、天保12年8月6日、二十三夜の月を見ながら「吐血に似たる咽び泣き」という恰好で死ぬのである。息をひきとる直前に「みんな陽気に一杯やってくれ」と言ったという。それが遺言だった。この人は酒乱だったが、この人がいなければ芝居にも浪曲にもならぬのである。

忠臣蔵というよりも義士外伝といった方が正確だろうが、ご存じの中山安兵衛という人がいなかったらどうなるか。中山安兵衛は喧嘩はしないのである。むしろ、喧嘩の仲裁が彼の本業である。喧嘩をまるくおさめて両者から酒をふるまってもらったのである。従って彼はタダ酒ばかり飲んでいた。こういうタイプの酒乱は今でもずいぶん多勢いる。出版記念会の流れなどにナントナクぞろぞろっと出るカタマリの後へついてくる。彼は2次会、3次会にも顔を出す。最後まで飲んでいる。このタイプの人間を笑うことはできぬ。なぜなら彼は、終始控え目に、酒を殺して飲まねばならぬ。やたらにオツマミを食べたりすることは許されない。辛い人生である。彼が辛抱するのは、酒に対する純粋な「愛」以外のものではない。ナントナク酒席にいるという術は、すでにして「芸」の域に達している。

義士外伝には赤垣源蔵という男がいる。神崎与五郎がいる。前原伊助がいる。そして忠臣蔵でいえば七段目の大星由良之助の酔態を忘れることができぬ。酒乱がいなければ、この世にロマンが成立しないのである。

江分利満は酒乱である。酒乱といわれても仕方のないほど、毎晩飲み、大酒を飲み、喧嘩をする。タンカをきる。酒のうえの失敗は数かぎりがない。

倅庄助は中学の入学試験の面接を終って帰ってきて、蒼くなって言った。

「パパ、ぼく大失敗しちゃった」

「……」

「面接でね、先生に、あなたのお父さんは毎日何時頃に帰ってきますかって訊かれたんだよ。ぼくね、ハイ、わたくしの父は朝の5時頃帰ってきますって答えたんだ。そしたらみんなが笑い出したんだよ。だからぼく、ときどき3時頃に帰ることもありますって言ったら、もっと笑うんだよ。ぼく、もう駄目だ」

江分利は酒乱を愛している。「酒を飲まなければイイヒト」という言葉がある。現今のようにいいひとの少なくなった時代に、酒乱の存在はまことに貴重といわねばならぬ。たとえ「酒を飲めば虎狼」であっても。

酒席でトラブルが起る。この席に酒乱で通っている男がいたとすると、全部この男の責任にされてしまう。珍しくニコヤカに飲んでいたとしてもアイツがいたからあんなことになってしまったといわれる。翌日、酒乱の上役が詫びに来たりする。「どうもあの男にも困ったもので……」菓子折かピース10コ入りを置いていく。江分利が、いえ違います。彼は珍しく静かに飲んでました。彼はイイヒトです、昨晩悪かったのは、むしろ……といってもテンから受けつけてくれない。実は上役はそのことを承知のうえで詫びにきているのである。会社の責任をその男1人におっかぶせて、ケガニンを少なくしようとしているのだ。「ご存じのように酒乱でして、貴方がお怒りになったのもゴモットモです。これはツマラナイものですが……」「この野郎！　俺は中山安兵衛じゃないぞ！」

江分利は何故酒を飲むか。

江分利は大正15年生まれである。従って昭和の年数と数え歳が合致する。現在、数え歳の38歳、満年齢の36歳である。大東亜戦争は昭和16年にはじまって20年で終る。そのあとに「戦後」が続く。数え歳の16歳から20歳までが「戦争」だった。満年齢の15歳から18歳10ヵ月が「戦争」だった。25歳ぐらいまでが「戦後」だった。

だから、だから大酒を飲む、といっただけでわかってくれる人が何人かいると思う。江分利はまず酒乱としか交際しない。

酒乱は大正10年生まれから昭和4年生まれぐらいのヤツに圧倒的に多い。昭和5年、6年生まれとなってくると、ちょっと違ってくる。酒の飲み方が小意気になってくる。少しちがう。

もちろん、江分利が大酒を飲む原因の説明として、これだけでは不充分である。大正15年生まれを中心として考えて、そのまえ5年、そのあと3年、という年齢層には、なにか「失われたもの」を取りかえそうというアセリみたいなものがある。アセリが酒に向かわせるといえないか。実際は「失われたもの」なんか無いのかもしれない。しかし、どうもみんなそう考えている気味がある。「青春」というものは、そんなに豊かなものではないのかもしれないのに。

青春とは何か。

ギラギラ。ネトネト。絢爛。清純。蒼空の雲の如きもの。愛。爽やかな空気。深呼吸。爆発。理想。理想のための忍耐。忍耐の美しさ。スタート台の緊張。猪突。濃い精液。学問。憧れ。伸び伸びした気持。乳房。決意。女の股。股の奥にあるわけのわからないもの。気持のよい朝。胸をぎゅっとしめつける何か、、。額への接吻。音楽と音楽会。雑木林と雑木林のなかの散歩。ケティとカール・ハインツ。筋肉。力泳。沢歩き。女学生の黒い木綿の靴下。女学生のナカ指の爪にしみこんだ青インク。3Hの鉛筆。朝靄。快い憂欝。ぬらぬらしたもの。人間。人間の神秘。ホワイ・ナット？　すべすべした肌。遠い笑い声。土の感触。土の匂い。悠久。悠久と星。しょっぱい風。歌。林のなかの明るさ。冷えた地べた。小さい花。前髪を揺する風。蕁麻《いらくさ》。大木の幹。君の眼きれいだね。白眼が青いね。桃色のスウェーター。山奥の教師。

青春とは何か。

分らぬ。

江分利の生きた思春期と大東亜戦争はピッタリはりついている。そのことで江分利は損をしたか得をしたか。江分利の失ったものは何か。得たものは何か。B29のいる澄んだ空か。銀色の編隊か。

失われたもの、とは何か。ダス・ギプト・ヌル・アインマール。鋳掛けの松。

青春が無かったともいえぬ。しかし、みんな「青春」を変なふうに生きちゃったという気持をいだいている。半端な気持。

失われたもの？　いったい何を失ったのか。駄目な奴は、どんな時代に生きてもダメだったのさ。全部を戦争のせいにするのはイヤだ。そんな馬鹿な話ってあるものじゃない。そんなことは「平和屋さん」にまかせておけばよい。平和書房発行の『平和』という雑誌の編集者にまかせておけばよい。しかし（ちょっと女々しくなるが許してください）江分利をふくめて江分利に近い年齢層の者は「何かを失った」あるいはなにかを半端に生きてきてしまったという気持をぬぐい去ることができぬ。しかし、このことは恥ずかしいからこのへんでやめておく。

まだ、ある。そのほかに、まだある。江分利は戦争に対するある種のうしろめたさを拭い去ることができぬ。江分利は子供だった。子供だったから許せるというものではない。江分利家は軍需成金だった時期がある。それが戦争と無関係ではないことを江分利はウスボンヤリと知っていた。大東亜戦争というものが何か胡散臭いものであることに気がついていた。すくなくとも「皇軍必勝」には変な匂いがしていることに気づいていた。アカと呼ばれている人たちの書いたものに確乎たるものがあることを、身体で知っていたように思う。

江分利の周囲の人間がバタバタと出て行った。大工の長男、大工の次男。長唄のカボソイお師匠さんがポマードをコッテリつけていた頭を坊主刈りにして挨拶して出て行ったまま帰らなかった。魚屋の伜。薬屋の伜。友人の兄たち。小学校の教師。みんな出て行った。

江分利は自分も立派に死にたいと思った。かなわぬまでも「鬼畜米英」に一矢むくいたいと思った。その気持にウソイツワリがあるものか。敵の1台の戦車を1人で叩きのめしてやろうと思っていた。教練の成績なんかどうでもよい。幹候の試験などどうでもよい。敵方の3人か4人を叩っ殺して死にたいとねがった。戦争を胡散臭いと思った気持にもウソはない。撃ちてし止まむ、にも嘘はない。己の拙《つたな》い運命である。

だから、すんでしまった戦争へのうしろめたさ、戦犯としての江分利の気持が「酒」にむかってゆくのだ、といってしまえば、何だかそれもウソ臭くなってしまう。そうではない。それだけではない。しかし「拙い運命」が終生つきまとうだろうことは、まず間違いないだろう。拙い運命と「酒」とが全く無関係だと言ってしまえば、これもウソになるだろう。どうもこのへんはむずかしい。恥ずかしくなってくる。ただし「失われたもの」と「拙い運命」はひどく疲れさせる。疲労が酒を呼ぶのである。

何故飲むか、はまだある。

江分利は低血圧である。下が45、上が89、といった線である。低血圧症状とはいかなるものか。朝がダルイ。無気力である。虚脱感が伴う。しかし、だ。夕方になると途端に元気旺溢する。夜の8時、つまりハイボールだかストレートだか、なんだかが2杯3杯はいったあとの3時間位の充実感といったらない。生きて、在るという思いである。これが決定的かもしれない。夜行性である。夜行性は疲れる。疲れるからまた飲む。

昭和37年6月、江分利の身体がおかしくなった。無気力、朝の吐き気、心臓の圧迫感、などはいつもの通りとして、どう眠っても、いかに薬を飲んでも、絶食しても下痢がとまらないのである。これはイカヌと思ったので東西電機特約の仁天堂病院で精密検査を受けることとなった。心臓、肝臓、糖尿はなんともない。バリュームを飲んだレントゲン検査でひっかかった。胃壁がただれ放題にただれているそうだ。食道から胃にかけての線がギザギザである。ただしガンも潰瘍もない。

「16歳、17歳、の処女はね、いや処女・非処女は関係ない、その歳頃の女の子の食道はね、キレイにすとんと通っています。胃も可愛くってキレイです。あなたの写真を見てごらんなさい。きたないね。荒れてます」

担当医がそう言った。禁酒をいいわたされた。

地下のレントゲン室からあがってくると、赤羽常務がいた。常務は渡米直前で、やはり精密検査に来ていた。

「なんや、お前も来とったのか、どこが悪いんや」

江分利はレントゲン室の結果を報告した。

「そうか。よし。もう飲んじゃいかんぞ。絶対飲むな。いいか、いまから1ヵ月半だけ我慢しろ、1ヵ月半だぞ」

「はい」

「お前、鏡見てみい。クチのまわりが真白やで」

江分利はクチのまわりにこびりついているバリュームを拭った。そのあとで、阪神・大洋戦の先発投手について賭をした。大洋の秋山は一致した。阪神は常務が渡辺省三、江分利は小山説だった。常務の車で社へ帰り、そのまま宣伝部へ2人がはいった。

「ええか、江分利に飲ましちゃいかんぞ、江分利を誘ったらあかんで」

宣伝課長や鹿野宗孝や吉沢第五郎や佐藤勝利が笑い出した。

「誘うのは、いつも江分利さんですよ」

その夜の7時半、江分利はトンちゃんにいた。9時にジョン・ベッグにいた。10時15分にはブルー・リボンにいた。ブルー・リボンにいる江分利を江分利自身が発見したといった方が実感に近い。ブルー・リボンの客がラドンナへ行って、そこにいた赤羽常務にそのことを告げたらしい。赤羽常務は翌日あってもそのことにふれなかった。江分利の酒は、その後、その状態で続いている。状態はさらにひどくなるが、下痢は止まった。

江分利は「酒」に対して尊敬の念を抱いている。だから江分利の酒はマジメ一方である、と自分では信じている。酒というもの、男が酒を飲むということ、酔うということを大事にしたいと思っている。と書いてしまうと、その気持にウソイツワリはないのだが、またしても嘘くさくなってくる。いったい、酒とは何だろう。

夏子といっしょに銀座を歩いていて飲みたくなった。いつものバーと違って小料理屋風がよいと思った。食事もできるようなところはどこか。夏子が突如として言った。「あんたつまらなそうな顔をしている。私と一緒だからでしょう。1人でキレイなひとのいるところへ行きたいんでしょう」。そうじゃない、そうじゃないのだ。江分利がバーのドアを押すとき、あるいはヒッパルとき、たいがいは苦虫をかみつぶしたような顔をしている。そのことを夏子に説明のしようがない。いくら言ったって、これも説明すればするほど嘘くさくなる。困るのだ。実に困る。

学閥、閨閥、門閥、地方閥というような言葉がある。東京生まれで、貧乏人の子（一時成金の時代はあったが）で、貧乏人の娘を貰って学歴のない江分利には閥というものがない。江分利の友人は全て酒席で知りあった友である。友人であるかないか、酒場で1晩つきあえばすぐわかる。これ以上たしかなものはない。この友人たちにささえられて、江分利は東西電機宣伝部の仕事をしているといってもいい。電話1本で友人たちは即座に知恵をかしてくれる。飛び廻ってくれる。実際に仕事をしてくれる。いいモデルさんを教えてくれる。江分利のことを、お前は「酒閥」だという友人がいる。

江分利は酒のうえの約束を大事にする。酔っぱらいというのはヤタラに約束をするものである。「君に例の本をあげるよ」「故郷の菜漬を送るよ」「よし、明日の7時にトトで会おう」。江分利としては酒のうえの約束だから純粋だと考える。ところが先方は酒のうえの約束じゃないか、あんなものは……とくるのである。これは間違っていはしないか。酔った時の約束は博奕の金と同様にこれ以上純粋無垢なものはない、と考えるのである。

江分利は酒のうえの喧嘩が絶えぬ。喧嘩はよくない。よくないさ。これは絶対に江分利がわるい。いい酒飲みとはいえぬ。この件に関して、俺は酒乱だなどといなおる気持は毛頭ない。ただし、こういうことはある。江分利の好きな友だちと午後6時から飲みはじめたとする。7時。8時。9時。バーが3軒、寿司屋、ビアホール、またバーへ戻る。10時半。11時半。「六本木へ行こう」「よし行こう」そこで葡萄酒なんか飲んでフォンデューなんか食べる。「新宿へ行こう」「よし行こう」看板になる。螢の光。「あそこへ行こうか」あそことは会員制のオールナイトのバーである。2時になる。2時半になる。借問す、一体、僕等2人はどうやって別れたらいいのかね。酒乱の江分利といえども、明け方には家へ帰らねばならぬ。たとえ朝の5時、6時になっても、帰って2時間も眠れば、それは「外泊」ではない。しからば、いかにして親友と別れるか。すでにして2人は宵のクチから意気投合しているのである。しかし2人とも妻子と父、妻子と老母のもとへ帰らねばならぬ。つまり、どちらかが喧嘩を売り、片っ方がこれを買うのである。「なんだ貴様、俺はそんな奴とは知らなかった」「何ぃ?」「よしお前という人間は分った。俺はもう知らねえぞ」「なんだと。この野郎、いい気になりやがって、よし、俺は帰る!」決然として席を起つのである。蹴るのである。「馬鹿野郎! 早く帰れ」内心はシメタと思っているのだ。これで別れられる。夏子のもとへ帰ろうじゃないか。急げ幌馬車。

江分利は大日本酒乱之会の会員である。会員は江分利1人しかいない。酒乱とは何か。前に書いた文章をそのまま引用すると次のようになる。

〝酒乱とは何か。江分利のいう酒乱とは、飲もうといったときに最後までつきあってくれる人たちのことである。この人たちに悪人はいない。単純で、純粋型で、感激型で、桜井にいわせれば単細胞である。他人のファイン・プレイを発見して喜ぶタチである。このタイプの人にバーであうと、江分利にはそれが一目でわかる〟

しかも、バーに対する支払いのやり方がキレイでなくてはいけない。

大日本酒乱之会の会員は1人しかいない。しかし、今年こそは、この会の組織について考えてみようと思う。江分利はその発会式の有様を頭に描いてみる。スサマジイ発会式と乱闘場面の模様は次回に申しあげます。

# 続・大日本酒乱之会

それでは、大日本酒乱之会の発会式およびその凄まじい乱闘場面について申しあげます。

昭和22年、23年、24年という時代に江分利は何をしていたか、どういう酒を飲んでいたか、どういう酒の飲み方をしていたか。

江分利は小さい小さい出版社に勤めていた。編集員は2名である。2名で哲学・宗教・文学・教育を主とした綜合雑誌を編集していた。月刊で64頁建だったと思う。

月給については明確な記憶がない。変動が激しかったせいもあるが、8百円だったようにも思うし、5千2百円だったような気もする。但し、夏子と結婚した24年5月28日に8千円だったことは間違いない。

月給は非常に安かった。安かったけれど、当時は安かったという実感が、あまりなかった。これでは困るなあ、とは思ったが、積極的にベース・アップを要求する気にはなれなかった。何故か。

みんな貧乏していたからである。戦争からの解放感がまだ残っていた。上昇気運のようなものがあった。ワクワクしていた。面白かった。江分利は実をいうとヤケッパチになっていて無力感に打ちのめされていたが、それを楽しんでいる気味も少しあった。時代のせいだろうか。江分利の若さのせいだろうか。江分利満22歳、夏子21歳という若夫婦である。夏子の持っていた着物や帯をどんどん叩き売った。売って酒を飲んだ。浴びるように飲んだ。若いから、よく吐いた。心臓が止まるかと思われるような苦しみに耐えて吐いた。宿酔で間借りの4畳半の床柱にもたれたままで1日過した。会社を休んだ。休んだけれど、仕事もよくやった。酒で多勢の人が死んだ。有名人がメチールでやられた話が新聞を賑わした。江分利と夏子は持物を売りつくし、裸同然となったが、そのことでは悲しまなかった。哀しみは、もっと別のところにあった。

乱世だった。何かが動いていた。動きながら固まってゆくようにも見えた。それがどんな方向にどんな形に固まってゆくか皆目見当もつかなかったが、ともかく動いていた。

江分利のところへ借金にきた友人があった。小学校の同級生で、新聞社に勤めており、左翼だった。左翼だったといういい方はよくない。当時は、いまからみれば若者の殆んどが左翼だった。都電の車掌までが公然と共産党の木製のバッジを制帽の耳の所につけていた。〝スー・セレー・スー。スーセレスー〟とジャズを歌いながら陽気に切符にパンチをいれていた。だから、江分利の友人は、左翼運動に現実にたずさわっていたと書く方が正確である。恋人と同棲しているが、配給の米がとれぬという。千円でも5百円でもいいという。江分利は、よし、といって表へ出た。江分利は、通いなれた店へ向って歩きだした。

「どうなの。無いの？」

友人は不安になったらしい。

「大丈夫だよ」

「……」

「いいんだよ。よくやるんだ。とてもいいオヤジでね。こんなので普通はとても千円は貸さないけれど、ぼくはオトクイ様なんだ」

江分利は中学の入学祝いに父が買ってくれた腕時計を見せた。江分利は、こんな薄汚い旧式時計で千円も貸すという実績の物凄さ、そのことの滑稽と悲惨に友人が笑いだすことを予期していた。しかし彼は急にションボリしてしまった。

「だけどね、ぼくも編集者だろう。君みたいに大新聞社とは違うけどね、ジャーナリストの末座にいるわけさ。だから腕時計はあった方がいいんだよ、だからね、今月中にはお金をかえしてよ、利息分ぐらいは、なんとかごまかしてやるからね」

江分利が友人の肩を叩こうとした時、彼がそっぽを向いていることに気がついた。

「腕時計なら、僕だって持ってる」

友人は、チラと左腕をまくってみせて、暗がりに消えていった。江分利はそんなつもりでいったわけではない。そこに考え及ばなかったのは江分利の浅慮である。相手に腕時計があろうがなかろうが、それは問題ではなかった。千円貸してくれといわれたから千円貸してやろうと思っただけだ。友人には江分利家の軍需成金時代の記憶があったのだろう。それも無理のない話だ。彼とはその後、会っていない。なんにもなかった。江分利の失策で友人を1人失ったわけだが、当時の江分利夫妻はそんな状態だった。江分利が1組、夏子が1組持ってきた夜具蒲団が、合計で1組になってしまった。毎日同衾した。夫婦だったからよかったとはいうものの、同衾はひどく疲れることを知った。寝にくいというだけでなく現実に疲労を呼んで、2人とも目の下が蒼くなったのである。泥酔した友人が泊るときは敷蒲団を横に敷いたものだ。

乱世だった。気が荒かった。喧嘩が絶えぬ。こんな人がと思われるような人が殴り合いをした。昭和14年下半期に『密猟者』という小説で芥川賞を受賞した寒川光太郎という人の家で「デカメロン」編集部の郡山千冬（「魔子」の店を開拓した人でもあります）が、太宰治の弟子でヒロポン中毒の田中英光という大男の小説家と喧嘩して、田中が大きな石を持って郡山を追いかけたときは、郡山は殺されると思ったという。その場にいた新宿のお和（いまの「和」ではない）は「私まで殺される」と思ったという。

「デカメロン」という雑誌に関していえば、当時「りべらる」や「赤と黒」もあり、江分利はやっぱりワクワクして読んだものだ。

著名な筆者が書き、著名なデザイナーや絵描きが絵を描いていた。これらの雑誌はエロ雑誌とよばれ、カストリ雑誌ともいわれたが、江分利にはむしろ〝平和の象徴〟のように思われた。言論は多少の行き過ぎがあっても〝自由〟であった方がよい。不自由よりは、はるかによい。現在の婦人雑誌のセックス特集などにくらべれば、これらの雑誌には思想と理想と主張とバイタリティがあった。江分利は日本の戦後のエロ雑誌の果たした役割を高く評価している。エロ雑誌は日本人の生活革命に寄与したところがずいぶん大きいと考えている。生活革命という点ではすくなくとも「思想の科学」より強力だったと考えている。「暮しの手帖」に匹敵するとさえ考えている。戦時中「日本映画」という雑誌をやっていた多根茂が「りべらる」をつくった。この編集部に松尾進・町田進（町田梓楼の息）・中尾進という3人の進がいた。「赤と黒」に河上久夫がいた。江分利はこれらの方々に感謝を捧げたいと思う。暗黒の部分、盲目の部分に光を当て、これを明らかにしたことは、ディドロが百科全書を編纂したことと同様に民主主義の第一歩だったように思われるのである（余談ですが、江分利の愛読書の筆頭は『末摘花』です。あれを芸術といわないで、いったい何を芸術と呼ぶのでありましょうや。『末摘花』には生活のディティルがあります。心の襞があります。背中あわせの刻薄とユーモアがあります。

鮮烈な心意気と文明批評があります）。

乱世であった。しかし一方には『青い山脈』というようなものもあった。『青い山脈』という善意のカタマリみたいな映画は昭和24年度優秀映画（キネマ旬報）の第2位である。（ちなみに1位が小津安二郎の『晩春』。3位が黒沢明の『野良犬』である）若い三船敏郎と若い杉葉子というものがあった。杉葉子という人にはNHKのTV番組「私だけが知っている」でお目にかかったが、江分利はあの顔、あの声、あの姿態（完全に姿態と呼べるほどには姿を見せてくれないが）にある種のショックと「隔世の感」を覚える。杉葉子は美人ではない（といっていいと思う）。演技派でもない（といってもいいだろう）。しかし杉葉子には乱世における乱世でない一方を代表させてよい何かがあった。清潔感というか、上昇気流というか、善意の個体というか、優しさというか、それらをひっくるめたモヤモヤしたものを身体で表現し、代表していたように思われる。あの人には「今日も我等の夢を呼ぶ」と歌っても不思議でない何かがあった。あの女優さんには、人のよい、疑いを知らぬ女学校の生徒という役柄しか似あわないように思われた。あの時代には「演劇サークル」「文化サークル」「読書会」「社交ダンス講習会」「英会話研究会」というような集まりがやたらにあった。何かに縋りたい、勉強しなおしたい、遅れをとりもどしたい、己を空しくして出直したいというような空気が、一方にあった。

乱世であった。ホステスなんてものはいなくて女給さんがいた。ママさんでなく、おかみさんだった。近頃のホステスとは、お嬢様である。お嬢様ならお嬢様らしく、客の煙草に火を点けたりしない方がよい。近頃のホステスは煙草に火を点けることの出来る「人間貸植木」である。自分の膝小僧ばかり気にしている。自分の衣裳、自分の化粧にしか関心がない。客に遊ばせて貰おうと思っている。面白い話をしてくれる客がいい客なのだそうである。美しくて坐っているだけなら、貸植木と同じではないか。貸植木なら月8百円で済むが、人間貸植木は月給10万円も珍しくないという。

当時の女給さんは客と一緒に遊んだものだ。客に打ちこんだものだ。ママさんでないおかみさんは客と運命を共にしようと心がけた。芸術家を育てるためにタダで場を提供するといった気合をもっていた。その証拠に、当時は女給さんと作家、女給さんと学者との結婚も珍しくなかった。いまはお嬢様の浮気と、お嬢様との御交際があるだけだ。むろん、客の方も悪い。

「高歌放吟すべからず」と墨書した飲み屋がある。バーがある。「貸売一切おことわり」などと書いた小料理屋がある。大日本酒乱之会会員としてケシカラヌと思うのである。そんなに客を信用できないなら店をたたんでしまえと絶叫したくなる。酔えば歌いたくなることもあるさ。いいじゃないか。バーや小料理屋でその都度現金で払えるかね。(キャッシュは借しいという気持を、江分利は多少いだいている。お恥ずかしい)バーと客とは人間と人間のツナガリでありたいね。当時でいえば「江分利さん、お勘定なんて2年でも3年でも溜めてくださいよ、そのほうが嬉しいんですから」という店が何軒もあった。もっともそういう店にかぎって、お金をこしらえて持って行くと潰れていたり、代がかわっていたりしたが。

高村光太郎賞を受けた、詩人・田村隆一という男がいる。田村隆一は昭和23年、24年当時と全く変らぬ飲みっぷりで通している数少ない男の1人である。彼と銀座のバーへ行ったとする。江分利の馴染みでないバーだったとする。夏ならば麦藁帽にヨレヨレのスポーツシャツ、貰い物だというつんつるてんのズボンに鼻緒の切れかかった下駄ばきである。長身痩軀。上原謙に似た高貴なる美貌。ヤサシイ目許。風態といい、詩人という稼業からしてもキャッシュが無さそうで江分利は気が気ではない。といって江分利の行きつけのブルー・リボンやジョン・ベッグやクールへひっぱってゆくには、このナリでは江分利としても相当の覚悟がいる。ホステスという名のお嬢様方はびっくりしてしまうだろう。江分利としても飲み方がビビルのである。

「江分利さん、大丈夫ですよ。安心して飲んでくださいよ」

優しい目と優しい言葉。この人は〝純粋〟だと思わぬわけにいかぬ。そのうちに江分利の方も調子が出てくる。仕上ってくる。サントリーの角瓶がたちまち空になる。江分利は田村隆一が先程から「結果は同じだ」という言葉を連発しているのに気付く。

「ママさん、ビールください、喉がかわいた。江分利さん、何でも注文してよ、結果は同じなんだから」

結果は同じ、とはどういう意味だろう。

「もう1軒行きましょう。すぐそこだから」

もう1軒のバーへ行くまでに寿司屋へ寄る。トロを少したべて、

「ぼく田村です。また来ます」

と言って寿司屋を出る。実に優しい。

Qという看板のあるバーの扉をあけて、首だけ入れて、

「ママさん、いる?」

マダムは外出らしい。ボックスへ坐る。いきなりオードブルが出てくる。こいつはマズイナと江分利は思う。黙ってオードブルを出す店は安くない。

「へえ、ママさん、いませんか。じゃビール」

マダムがいなくて、じゃビールとはどういう意味か。格別の意味はないらしい。

「飲もうよ、結果は同じだ。結果としてはね、おなじなんだ」

そこを出る。出るときに田村隆一は自分の詩集だか翻訳書だかにサインして渡す。

「ぼく田村です。ママによろしく」

江分利は少し心配になって田村隆一に訊いてみる。

「あんた、あそこのママさん、知ってるの？」

「知ってるよ、はじめに行ったバーへね、あそこのママが1度遊びにきたことがあるんだ。そこで顔を知ってんだ。名前は知らないけど」

驚いたね。結果は同じとはいくら飲んでも支払いはしないという意味なのだ。どんなに高価なウイスキーやブランデーを飲み、オツマミを食べても、支払いをしないという点で〝結果は同じ〟なのである。ビールの小瓶を一本飲んでも結果は同じである。

それでいて、どこのマダムにきいても田村さんだけは憎めないと言う。それだけのものを彼は備えているのだ。計算ではない。もっとも不意に突如として風の如く金を置いてゆくこともあるらしい。

昭和23年、24年では、高名な作家で収入も相当にある筈なのに決して金を払わないという人がいた。ふらっと入って、ふらっと飲んで、ふらふらと出てゆく。

「ああいう人、お金はどうするの？」

「あれはあの人の癖でしてね、仕様がないの」

それで通った。そういう時代である。

当時は、みんな酒の飲み方を知らなかった。みんな、よく吐いた。年輩の人も酒の飲み方のカンを取り戻していなかった。戦時中の配給制度のために酒と煙草を覚えたという人が、案外多い。楽しみがなく所在無さのあまり、ついつい飲むようになった。酒の味と酔いをそれで知ったという人が多かった。新宿駅の石畳は吐いたラーメンでいっぱいだった。梅割りの甘ずっぱい反吐《へど》が匂った。構内には鳴神の柱巻きみたいな恰好で首をたれているのが多勢いた。新宿駅の名代なる大雪隠には、有名なおかみさん連が身体を小きざみにふるわせながら列をつくっていた。ハモニカ横丁やその南の「魔子」や「た古八」や「大村庵」のあったゴチャゴチャした所にはトイレというものが無かった（これは記憶ちがいで小さいのはあったかも知れぬ）からである。

江分利の酒、みんなの飲んだ酒というふうに書いてきたが、実は当時は酒はなかったのである。バクダンとドブロクとカストリである。あそこの酒はいい、という時は比較的悪酔いのしないカストリを出すことを意味していた。新橋の「蛇の新」（当時は〃蛇の〃と略したね。〃ジャノへ行こう〃といった）はカストリに味の素をいれているからうまいんだというような噂がまことしやかに囁かれた。

「ちゅう！」

というと
「割りますか？」

とくる。カストリを梅酒（？）で割るのである。これがかのウメワリである。葡萄割りというのもあって、これは一升瓶にいれたグレープ・ジュースでゴボゴボと割ったものだ。ドブロクのことを〃シロ〃といった。シロに薬研堀の七味唐辛子をふりかけるのが最上と説く者がいた。

バクダンとは、そも何ものぞ。よく分らぬ。即席焼酎であろうか。バクダンは必ず薬罐から湯呑み茶碗に注がれた。

「取締りがうるさいもんで……」

という言葉を屋台で何度も聞いたおぼえがあるので禁制品だったのだろう。〃バクダンは〃酔う〃というようなものではなかった。鼻をつまんで、ノドへ流しこむのである。サッカリンの匂う浅漬をサカナにバクダンを3杯飲むと、地面がどこまでも持ちあがってくるという感覚で、悪感が走り、忽ちにして嘔吐した。まあ、上からの下剤の役割は果たしたね。酔うのではなく、平常とは別の悪い感情を誘発する飲みものである。そんなものを何故飲むか、については前回に書いたので重複を避けたい。ともかくバクダンを飲むのは生命がけだった。生命をとりとめても翌日の凄絶なる宿酔は逃れられぬ。

焼酎でさえ、金があればの話だが、自由に飲めるようになったのは昭和24年からである（と思う）。焼酎をジンジャーエールで割ってレモンを浮かすという工夫もあった。酒になるのはもっと後だ。酒といえば2級酒が出た。「旦那セカンドですか、フワストですか？」ときかれるようになったのはもっと後だ。セカンドが2級酒でフワストが1級酒である。ビールは25年からではなかったか。ビールなど、とても手が出なかった。トリスウイスキーが大々的に発売されるようになったのは昭和25年3月である。25年4月1日にトリスウイスキーの値段は430円、サントリーの角瓶は1350円だった。トリスでさえ容易には飲めぬ。ましてサントリーはブルジョワのウイスキーである。新宿の「五十鈴」へ行ってビールと焼酎を1本ずつとり、ビールに少しずつ焼酎を割りながら、じっくりと腰を落して飲み、串カツを1皿とるということは最高の贅沢だった。そんなことをしたら、カウンターの全視線が江分利に集中してしまうのである。

バクダンとカストリとドブロクを当時やたらに飲んだことが、昭和38年、36歳の江分利の肉体にどういう影響を及ぼしているのだろうか。こいつらで鍛えたから酒に強くなっている、ということはいえる。しかし現在破壊に瀕している江分利の胃壁はこいつらの責任なのだろうか。それとも、こいつらで鍛えてあったからこそ、現在までの暴飲に耐えられたのだろうか。分らぬ。

江分利は当時どうやって安月給で〝酒〟を飲んだか。飲めたか。

むろん裸同然となるまでの身銭はきった。しかし、それでは追っつかぬ。つまりは、諸先生方に御馳走になったのである。タカリとは思わぬが、誘われて辞退したことはないから、一種のタカリ屋と見られても仕方がない。(35歳を過ぎてからはその埋めあわせをしているつもりである。江分利が東西電機の若い同僚を連れて飲み歩くのをみても生意気と思わないでくれ給え)但し、当時はまだみんな貧乏だった。高名な先生方に2百円とか3百円とか貸したこともある。先方も平気でそれがいえるほど貧乏していた。特殊な人を除いて平等に貧乏だった。江分利が安月給で我慢できたのは、そのせいもある。それに物資もなかった。金があってもつかい道がなかった。江分利は小さい小さい出版社に勤めていたが、印刷用紙の割当てということに関していえば大出版社も小出版社も平等だった。まだノレンや実績がものをいう時代になっていなかった。小出版社で紙を横流ししてかえって儲けている所もあった。

乱世だった。しかし、いまになってみると、あの時代は一種のユートピアではなかったかとさえ思えるのである。みんな平等だった。みんな汚い酒場へ通った。汚い露地で連日殴りあいがあった。文学論・政治論で賑わった。汚い酒場で江分利も大学教授や作家と平等の立場で口論した。貧乏が平気だった。ジャーナリズムが文学を暴力的に水で薄めてしまうようなことはなかった。作家はかつがつに喰っていた。評論家は喰えなかった。作家と評論家が文学以外のことで原稿を書くこともなかった。むろんTV出演もない。「君は立派だ、僕は淋しい。江分利クン、人生は淋しいよ」と売り出しの作家が肩を叩き、2人で朝まで飲んだ。キザかも知れぬ。いや明らかにキザである。感傷に過ぎるようだ。しかし15年経ってみると「あの頃」がユメマボロシのように色彩を帯びて江分利の胸を去来するのだ。

この頃の文士連、ジャーナリスト達の酒の飲み方はどうだろう。エネシーのコーラ割りときちゃうからね。「君たちは立派だよ。ぼかぁねえ、僕ぁ淋しいよ」酒乱と笑う奴は笑うがよい。たまには喧嘩をしたらどうかね。まるで〝紳士〟になっちゃったね。円満であることが立派なのではない。仕事のことと文学のこと政治のことで喧嘩しようよ。ダス・ギプト・ヌル・アインマール。ダス・コムト・ニヒト・ヴィーダー。1回限りの生命じゃないか。1度は死んだ生命じゃないか。もう1度、肩を叩きあい、かつ殴りあう会があってもいいじゃないか。どうせ俺はキザで生意気でエキセントリックで淋しがりでヤケッパチでシツッコイのさ。しかし、ゴルフだけはやらないぞ。徒党を組んだりはしないぞ。サラリーマンでこの世を渡るぞ。生産の現場を離れないぞ。「お帰りですか?」「キミとつきあうと殺されちゃうからね」まあ、言わせておけ。「へえ、あなたも江分利旋風の被害者ですか、執念深いからね」陰の声が聞こえてくる。まあいいさ。大日本酒乱之会会員は1人でたくさんだ。酒乱の2字を背負って立とう。ユメマボロシを追ってゆこう。

乱世だった。新宿の「千草」や「ナルシス」や「巣《ネスト》」や新橋の「蛇の新」「凡十」や有楽町の「お喜代」や神田の「ランボオ」は集会場だった。みんな集まってきた。江分利などは隅でゴソゴソしていただけだ。当時は「復員者」というものがあった。ひょっくり姿をみせて萬歳を沿びている者がいた。誰某は戦死したらしい、南方で行方不明らしい。誰某は疎開先で弱っている何とかしよう。そんな話でもちきりだった。あそこへ行けば誰かに会える、誰かが外地や疎開先から帰ってきてひょっくり姿を見せるかもしれない、そんな喜びがあった(らしい)。年代的にいって江分利には、それはない。かけだしの編集者で、みんなの話をうかがうしかない。しかし、みんなの喜びや感激や心配はよく分った。当時の飲み屋はそんなふうだった。

大阪タイガースの若林忠志が、ひょっくり帰ってきて、巨人戦でリリーフにたったのは憶えている。これも帰ってきたばかりの白石と対峙したのも憶えている。少年時代に洲崎や上井草に通った江分利にとってこれは感激だった。但し「投げるは若林、打つは白石。いかにも強打者らしいズングリした白石がバッター・ボックスに……」という志村正順のアナウンスはちょっとオーバーだった。白石は決して強打者ではない。（参考として識しておくが、阪神タイガースの若林監督、別当、呉、本堂らの主力選手が突如として大毎オリオンズに移籍されると新聞発表されたのは昭和25年1月1日だった）

さて、いよいよ大日本酒乱之会の発会式は迫ってきたのである。時は7月の最も暑いだろうと思われる日を選ぼう。夜7時の薄くらがりにスタート。（余談ですが、およそ会とかパーティとか称せらるるものに楽しいものがあったためしがありません。しかし、パーティの打ちあわせほど楽しいものもないと思います。幹事、発起人の打ちあわせのための会合、そのあとの2次会、3次会）

賢明なる読者諸賢は江分利が「大日本酒乱之会発会式」に何をもくろんでいるかを既に察知せられたことであろう。

そうです。大日本酒乱之会発会式で江分利は昭和23年、24年の飲み屋の光景を再現しようとしているのです。

そんなことが可能だろうか。可能であります。新宿ハモニカ横丁を造るのに活動屋さんの大道具を利用すれば3万円ぐらいでできるでしょう。ハモニカ横丁の飲み屋と飲み屋との仕切りはベニヤ板であります。たとえば「お竜」でベニヤ板に寄りかかりながら飲んでいると「ナルシス」の客の背中を感じたものであります。あ、この背中は金子光晴ではあるまいか、といった感じでありました。ハモニカ横丁の店には、どういうものか1軒1軒に直径30センチメートル位の木製の車輪がついていました。この車輪で店が動くとは考えられません。ですから当時は、その場所では移動できる屋台店という仕掛けでないと営業の許可がおりなかったのかもしれません。

戦後の飲み屋の光景を再現するとなれば、なんといっても新宿界隈が主役です。これに新橋と有楽町を加えましょう。読売新聞社の前にあった屋台のドブロク屋も忘れられません。この店は屋台の中に電信柱が立っていました。さらに当時江分利の住んでいた目白近辺と、坂本2丁目の鍵屋を加えましょう。これをセットで造るわけです。原寸より一寸ちいさくていいのです。飲み屋のない地帯は省略いたします。ムーランルージュや武蔵野館や新宿第一劇場は縄を置いて、それぞれここがムーランといった立札をたてます。

新宿のすぐ隣りに新橋、有楽町、浅草、目白があるところがミソです。ハモニカ横丁から新橋の「リヨン」には歩いて2、3分で行けるわけです。「五十鈴」にいる客が〝蛇のへ行こう〟と叫んで歩きだしたら、もう着いていたという所に妙味があります。らくらくと梯子ができます。

さあてね、このパノラマみたいなものをどこに造るか。亀戸球場を全部借りきるというのもテだね。あそこは広いし、ドブの匂いがあるからね。しかし不便だね。郊外もだめだ。山の手線の内側でありたいね。そうなると……そうだ、神宮外苑の杜《もり》全体を借りきることにしよう。セットは絵画館前の草野球場4面を全部借りれば、なんとかなるだろう。あそこなら、夕暮が楽しめる。

さて新宿の設計にとりかかろうか。なにしろ大日本酒乱之会は会員が江分利1人だから、地図をつくるのも楽じゃない。

南からいって「石の家」が必要だね。ここにはバー（もしあれがバーといえるなら）の女給さんたちが店がはねてからギョーザやタンメンを喰べに集まったものだ。その隣りがホルモン焼きの「八ッちゃん」。焼鳥の「太郎左」。「タカシ園」。うまい小料理を喰わせた「あざみ」。

牛肉屋の「山重」。カフェー「エビス」。この付近に新宿第一劇場と昭和館とムーランルージュとヒカリ座があるわけだ。「鳥繁」はどこだったかな、ヌード写真が天井に貼ってあり、障子がたてかけてあったのは憶えているが。「鳥繁」のツクネはうまかったね。

右へ行って「むらさき」「稲福」「五十鈴」「ジャスミン」。「五十鈴」は凄かったね。これはまさに集会場だった。ここのおけいというマダムは当時の生き残り、いやこれは言葉が悪い、現在も活躍しているマダム10人を集めた〝麗人会〟の会長である。「樽八」のおとみが幹事であり、以下南海ゴム事務所という看板を掲げているが入ってみると「はつせ」という飲み屋であった高田はつ子、ラーメンの「新華」の林豊子、「とり清」のおきよ、「とり源」のとよ、「揚華楼」のマダム、「よしだ」「みち草」のマダム、「あぜみ」のマダム。麗人会は月額1万円の会費を集めて年2回飛行機で旅行している。(変れば変る世の中だナア)

ずっと左へ飛んで平良リエ子の「山原《やんばる》」。右へ移動して「よしの寿司」「風月堂」「天竹」鳥料理の「とり清」ラーメンの「永楽」小料理「松風」。

また左へ飛んで「十和田」。天ぷらの「つな八」「斗六ずし」。居酒屋風の「よしだや」「樽八」。菓子の「もとはし」天ぷらの「船橋や」「船ずし」洋菓子の「ローレル」。焼鳥の「雀の小父さん」。ライオンビヤホール(戦前は「フランス屋敷」)。この辺でキスグレのお政が暴れた事件も懐かしい。

問題の武蔵野館裏のゴミゴミした所は、あまりに小さい店が密集していたので記憶がさだかではない。しかしこのあたりのドブとドブ板と小便の匂いは忘れがたい。この匂いをセットで再現するのは最も苦心を要する所だ。夏。暑い夏の夜。いり乱れる文士と活動屋と絵描きとジャーナリスト。喧嘩も一番派手だった。陰湿と陽気の混合。握り飯のうまかった「きしのや」。「た古八」。青いソバを喰わせた「大村庵」。そして「魔子」。あの人はどこへ行ったんだろう。魔子という人も、戦後を代表していた。江分利はもう魔子の顔を憶えていないが、魔子という名前を聞いただけで胸が高鳴ったものだ。「魔子」の裏は新宿駅の貨物のホームである。

また左へ飛ぶ。「サクラ製菓」。コーヒーの「青蛾」。帝都座（ここで秦豊吉が額ぶちショウをやっていたという感じの絵看板を掲げる）。三越。喫茶店「グリーン」（階下がミドリ屋という靴店。この喫茶店であやしげな写真の売買が行なわれているのを見たことがある。写真は武蔵野館と「エルテル」の間の道路で見せられ、取引は「グリーン」という具合だった）隣がパチンコ屋。シューマイの「早川亭」。その隣が果物屋。

さて次は新宿会場の中心部となるべきハモニカ横丁を含む一劃である。

武蔵野館の前のビンゴ屋（これが後に大活躍をするので留意せられたい）。「エルテル」（ここで江分利は夏子と媾曳《あいびき》したものだ。裏がすけてみえる仙花紙の哲学書を読んでいる青年達が有難そうにコーヒーを飲んでいた）「25時」「かっぱ」「オペラハウス」「新宿ホテル」「馬上盃」。

女優の築地燦子あらため輪島昭子の美貌が売りものの「ととや」「ととやホテル」「渋谷食堂」「お文」「よしだ」「カサベラ」「聚楽」「中村屋」。そしてフルーツパーラー「高野」の横がハモニカ横丁である。高野の壁にむかって一斉に立小便をしたものだ。小便で文字を描くのである。早稲田のWは描きやすかったが、慶応出身はKの字で苦労した。高野の壁にはどういうわけか、いつもリヤカーが1台斜めにたてかけてあった。

ハモニカ横丁は、上から「満洲里」ひとつとんで「コスモス」「巣《ネスト》」「お竜」（現在は阿佐ケ谷）「ナルシス」「三姉妹」「みち草」「ノアノア」と続き、最後の一劃では三角籤と南京豆（升売り）を売っていた。ハモニカ横丁の裏は実にこれが瓢箪池と称せられる溝であって水道が出っぱなしになっていた。ここでおかみさん連は下着を洗濯したのである。瓢箪池の裏が広告看板であり、その裏が新宿駅へ出る通りであり、夜は殷賑を極めた。夜店みたいなものがあり、オモチャ屋もあったように思う。

大通りを越えると紀伊国屋書店のあたりに「不二家」があり、コーヒー店「丘」がある。「丘」の向い側に「ナイル」があり、原田康子の『挽歌』のモデルで国画会新人賞を得た松田冷子がいた。「丘」と「ナイル」のどんづまりが新星館である。

右下方へさがって「キュピドン」があり「ムサシノ茶郎」がある。「ミロ」というバーがある。「ドレスデン」「プロイセン」「バッカス」「キャロット」。さらに大通りをひとつ越して、山形系の「樽平」その斜めむかいに「秋田」。「樽平」は樽平と住吉を飲ませる。「秋田」は両関、爛漫、太平山である。「千草」がある。法政大学仏文教授の経営している「さいかちや」は当時「ちとせ」といっていた。区役所のわきのサーカスの天幕を張ったような天井をもつ「高級酒場とと」はまだなかった。

新宿はこれくらいにして新橋に移る。もっとも新橋狸小路については新宿ほどの知識がない。「リヨン」のトンちゃんこと向笠幸子は屋根裏に寝泊りしていた。「白梅」があった。狸小路のトイレは当時、カメであるべきものが樽製であった記憶がある。少し離れて高級バー「ブラック・エンド・ホワイト」にはローズという絶世の美女がいた。

裏駅の「蛇の新」。「凡十」。焼鳥屋の乱立。煮込みとモツ焼きの血の匂い。渋団扇の音。炭火の熱気。喧騒と喧嘩。闇の寿司屋。

有楽町の「お喜代」。銀座の「はせ川」。

坂本2丁目の魚拓の名人、というよりイナセな江戸っ子気質で評判の清水友吉経営による「鍵屋」。江分利は清水友吉に襟をつかまれて追い出されたことがある。

目白マーケットの「華天園」の冷しソバと焼豚は江分利にとって最上の奢りだった。「華天園」の呉さんが江分利に貸し売りを許してくれた最初の人物である。その裏のバー「オランジエ」。目白駅と日本女子大学の間で崖っぷちに建つおでんや「たにし」。ここのおかみも色は黒いが気合いのいい人だった。江分利は百円か2百円もって、ツミレはいくら、スジやフクロはいくらと値段をきいてから注文し、あるったけはたいてカストリを飲んだ。気分が悪くなると裏へ出て目白の高台から早稲田の杜を見おろして嘔吐した。景気のよいときはロールキャベツを喰べた。

駿河台下と神保町の間で、昭森社の階下にあった「ランボオ」も忘れられぬ。「ランボオ」とは喫茶店なのか、バーなのかもさだかでないが、薬罐でカストリを飲ませてくれた記憶がある。「ランボオ」には東大教授と編集者と『近代文学』がむれていた。ビヤホール「ランチョン」もあった。

その他、「おもろ」を中心とした池袋界隈。「とん平」の渋谷や湯島近辺も捨て難い。

新宿の当時の景物としてビンゴを忘れることが出来ぬ。これはゼヒトモ必要だ。あの口上が冴えていたね。何故ビンゴが復活されないのか。

「あがりましたよ情熱ボール、赤は最初の16番」とくるね。「いけども いけども緑の曠野、あなたが探したオアシス・ナンバー、緑最初の13番」ときちゃうね。「色は黒いがマドロスさんは港々の人気者、黒は真中15番、続いてあがったマッシロ・ボール……」なんざ嬉しいね。「おやじはすましてズボンをしめる息子はゲラゲラ大きな声で僕等のオナラは黄色の12番」となると下品だが止むを得ぬ。「貴方と私はズボンのオナラ、右と左に泣き別れ、黄色オナラの12番」とも言ったね。オナラが黄色いわけはないが、何故かビンゴでは密着していた。しかし黄色だって下品ばかりとは限らぬ。「高い山から谷底みれば、カボチャ畑の花ざかり、黄色まばゆい18番」なんてのは鮮かだった。「貴方と私は羽織の紐よ、黒と思たら白いは薩摩。白は左の21番と出ました」「緑波行く八重路の果てに男希望の日は昇る、ミドリのボールは20と3番」「胸のランタン真赤に燃えて、私ゃ貴方にホーレン草、情熱ボールの13番」なんざ泣かせたね。12月になると、当意即妙「黒はくろくろクリスマス、白いおひげのおじいさん、白は右下20と5番」とやるね。「しんの闇夜に源氏の旗は粋な兄ちゃの晴れ姿、白は夜這いの大1番」なんか絶妙だね。兄ちゃんでなく〝兄ちゃ〟とやるところがよい。

7月の最も暑い日の午後7時。当時の酒乱全員に集まっていただく。酒はバクダンとドブロクとカストリ。ビールは2人に1本の割りあて。一斉に飲みはじめる。

夜がふける。悪酔いの乱舞。「君は立派だ」「君も立派だ」「ぼくは淋しい」「人生は淋しいなあ」。肩を叩きあい、泣く。嘔吐。「明け方の空が紫色になる時がいいよ」「大都会だ、ああ大都会の夜だなあ」「もろともにあわれと思え山桜、ワッハッハッハ」「ギロチンギロチンシュルシュルシュ」

ハモニカ横丁とカストリ横丁は握手と仲間賞めと仲間喧嘩である。男同士の接吻。「君は立派だ、僕は駄目だ」「優しいねえ、あんたって人は」。殴りあい。石を持って追いかける男と逃げる男と仲裁にはいる男と。「あいつは駄目だ、駄目になった」。戦争には誰も触れたがらなかった。みんなうしろめたい気持で生きていた。謙虚で純粋だった。ゴルフをしなかった。バイタリティがあった。なまぐさい希望とみじめな絶望感を抱いていた。ある点でみんな平等だった。平等のくせに喧嘩ばかりしていた。みんなヒトナツッコかった。みんな淋しがりだった。

ぶっ倒れて寝ている男をみんな優しい目で見ていた。下手に介抱なんかしなかった。みんな知っていた。その男がやがて起きあがって、ちゃんと家に帰ることを知っていた。みんな踏まないように気をつけただけだ。江分利はぶっ倒れて寝ている男を見るたびに絶望したものだ。(俺の酒はまだ純粋じゃない。俺の酒はまだとうていこの男に及びもつかぬ)

あれは、一種のユートピアではなかったか。「おそめ」も「エスポアール」も「ラモール」も「葡萄屋」も「ゴードン」も「とと」も「和」もなかった。あったとしても行けなかった。それが昭和25年、26年頃から少しずつ何かが変っていった。29年、30年にはハッキリと差がついていた。酒に関してだけいえば田村隆一や江分利満にはまだ〝戦後〟が残っている。江分利などはますますヒドクなって酒品は落ちる一方だ。円満紳士にはなれっこない。模範社員にもなれぬ。何かがはみだしてしまう。行き過ぎてしまう。おさえがきかぬ。

江分利の空想する大日本酒乱之会発会式とは以上のようなものである。江分利1人では巨費は支払えぬ。誰かスポンサーになってくれないかなあ。夕暮れのハモニカ横丁、カストリ横丁の再現は週刊誌のグラビアになると思うんだがなあ。

# 草野球必勝法

I

TV番組のなかで江分利が最も好ましく思っているのは、つい最近まで土曜日の夜7時半から8時までやっていた、ナントカという素人が歌って素人が審査するNHKの番組である。司会は宮田輝。

この番組を何かの加減で第1回のスタートのときに見てから病みつきになった。たしか素人の審査員が20人いて、合格と思ったら立ちあがり、その人数によって賞品を手渡す仕組みであるが、宮田輝がマイクを片手に、立っている人、坐っている人に合格・不合格の理由と感想をききに移動するところが、実になんとも面白かった。面白かったと過去形で書くのは、この番組が、日曜だか平日だか知らぬが、土曜の夜のAタイムをはずされてしまって昼の番組になり、それを未だに突きとめ得ていないからである。江分利は奮激してNHKの人にといただした。「私の一番好きな番組を何故やめたか?」係りの人はこう言った。「たしかに都会では好評だったのですが、田舎で反感を買いましてね、私どもも続けたかったのですが、仕方なく昼に移動させました」そのとき何曜日の何時と教えてくれたのだが、カッとなっている江分利は、そのことは記憶からズレてしまった。江分利はそのとき、日本人の民度イマダシと思い、そのことにもカッとなり、あとでまた反省したのである。

さて、宮田輝と素人審査員との対話であるが、それはこんなふうに行なわれる。

「あなたは、どこがいいと思いました?」

「まず、この曲目をえらんだことですね、この歌はあの人にピッタリ合っていると思いました。それと、フィーリングですね。いいフィーリングですよ。声もいいし、小節が廻りますね」

「はあ、小節ね、こちらは小節がいいとおっしゃってます」

「小節はいいんですが、ただ、いけないことはこの曲目があの人にあってないことです。もっとこの人にピッタリあう曲目をえらんだら、もっとよかったと思います」

「なるほどねえ、じゃ次へゆきましょう……ええと、そこの眼鏡をかけたお嬢さん、あなたはどうしてお立ちにならなかったんです」

「全体にとてもよかったと思うんです。曲目も合っているし、動きもきれいだし、声もいいし、マイクのつかい方もお上手だと思うし……」

「へえ、それじゃあ、どうしてお立ちにならなかったんでしょう」

「はい、とてもお上手なんですけど、ただ全体になんとなく……」

「全体になんとなくヨクナイ。なるほど。まあ、そういうこともあるでしょうねえ。それでは次の方、2列目のチェックの背広の男の方、ええ、いやその頭を短くかった威勢のいい方……」

「態度がいいですね、落ちついているし、堂々としています。なんていいますかモノオジシナイって感じですね、個性的で健康的で正直的ですね……」

「こちらは、態度がいい、とおっしゃってます」

「ただいけないのは、いわゆる私が何故立たなかったかというと、ソワソワしていることです。もう少し落ちついて堂々と歌ってもよかったと思うんです。いわゆるモノオジシナイという感じがほしいですねえ。態度がよくないですねえ」

この番組を江分利は最高だと思っていた。これぞ〝民主主義〟と思っていたのである。宮田輝というアナウンサーのキャラクターについては、江分利はどちらかというとあまり好感を持っていなかったが、この番組に関するかぎり実にイイ感ジだった。生意気かもしれぬが聴視者(受け手などという訳語もあったね)のひとりとして、進境著しと思っていたのである。あの番組をどこへやったか。公共放送としては、ああいう番組を育てることによって〝民主主義〟を推進するという方向が望ましいと思うのだが……ともかく、土曜日の晩酌のサカナとして、江分利はいつも腹が痛くなるほど笑ったのである。素人のよさ、日本人のよさを忘れてはならぬ。

つぎに、同じような意味で、江分利の愛し、かつ笑い、かつ憎んでいるのはプロ野球の解説者である。江分利は、これも総合的にいえば素人だと思っている。そのおもしろさ。

最終回の裏、2対2の同点、2アウト走者3塁という場面。かりに投手が巨人軍の藤田だったとする。第1球。直球でまんまんなか。(余談だが、まんなかの直球を、ドまんなかの直球といわないでくれ給え。ドまんなかは関西弁である。ド個性、ド助平も同様である。もし東京弁を標準語と考え標準語を放送局が採用しているとするならば)

さて、これを打者が見送ったとする。解説者はまずこう言うね。

「いや、驚きましたね。いまのはド真中の直球ですよ」

「これはどういうことなんでしょうか」とアナ。

「つまり、これは、逆の逆ですよ。さすがにベテラン藤田ですねえ、打者の心理を読みきっています」

これが江分利には分らないのである。どう考えてもわからない。

逆の逆とは何か。逆の逆とはホントである。ホントとは何か。それがわからない。

この場面では、普通ならクサイ球を投げて凡打させるのが常識である。2死だから外野フライでもよい。藤田の武器はシュートである。往年はホップする速球に威力があった。藤田が慶応義塾大学に入り、1年生の夏にアメリカの大学野球と対戦して、神宮で日本選抜軍の投手として出場したときは、あっと驚くようなオーバー・ハンドからの豪速球を投げた。たしかナイターだったと思う。いまは、あの球はない。だからシュートを主体に、スライドして逃げる球を投ずべきではないか。ここでは、打席順や代打者を考慮にいれなければ続けて8球ボールを投げて2死満塁としてもよいのである。従って第1球に真中の直球を投げたのは、失投である。おそらく藤田の計算ちがいで、左右どちらかのコーナーを狙ったのがはずれたのである。シュートかスライダーがかからなかったのにちがいない。

打者が、外角のスライダーにヤマをはっていたところへ真中の速球がきて、心理の裏をかかれてハッと思って見送ったとすれば、これは単に「逆」でよい。しかし、まず右でも左でも、あるいは高低いずれかにヤマをはっていたとしても、真中の速球(タイミングをはずしたスローボールは別として)がきたら、投手を狙ってはじきかえせるのがプロの選手だろう。

もし、この球をバッターがクリーン・ヒットしてサヨナラ勝ちとなったらどうなるか。

「藤田としては打者の心理の逆の逆をついたわけですよ」

「そういたしますと、バッターの方が逆の逆を読んでいたということになりますかねえ」

「そうです、逆の逆の更にもうひとつ逆を知っとったんでしょうねえ」

「ははあ、そうすると、ピッチャーとしては、さらにもうひとつ逆、つまり逆の逆の逆の逆でいくべきだったんでしょう」

よくこれで会話が通ずるものだと思う。かくして野球解説も江分利にとって抱腹絶倒となるのである。これを野球弁でやるから、実際はもっと愉快である。野球弁とはいかなるものかというと、いまの野球解説者の平均年齢でいくと、彼等の現役時代は、中等学校では九州北部、広島、大阪、近畿、中京地区などが強く、従ってこれらの地方からのプロ入りが多く、集団生活をするから、各地のナマリが自然にまざってしまうのである。博多弁・広島弁・大阪弁・名古屋弁の混合である。「どや、お前、投《ほ》ってみい」「ようシバキよるわ」から急に丁寧な解説用語になるから、どうしても無理が生ずる。

こんなのもある。5回表、走者無死1、2塁。攻撃側は1点リードされている。

「こういうケースの局面の場合あたりでは、当然バンドでしょうねえ」

どうも、これはケースという言葉を使いたいために無理しているとしか思えない。どうしても使いたいなら、局面も場合もやめて、「このケースでは」でよい。

しかし、いったい、バンドとは何事であるか。セ・パ両リーグ、日本社会人野球協会、日本学生野球協会、全日本大学野球連盟、全国高等学校野球連盟、全日本軟式野球連盟の共同編纂による1963年版『公認野球規則』によれば、

二・一三 BUNT 「バント」――バットをスイングしないで、意識的にミートした、内野をゆるくころがる打球である。

となっている。

Tを濁って、Dに発音することは、まずあり得ない。こういうことを専門家が素人からたびたび指摘されて、しかも訂正しないのはおかしいと思う。だから野球解説者は総合的にみれば素人なのだ。プロ意識に徹していないと思うのだ。

「ああ、いま水原さんが、ズボンのバンドに手をやりましたねえ、これは、おそらくバンドのサインでしょう」

「なるほど、バンドにバンドですね」

泣きたいよ、全く。水原茂がさわったのはズボンのベルトなのだ。

野球解説者のアクセントや、用語の誤りを指摘したって仕方がないと思われる方もあるだろう。しかし、ことは相対的に、平衡感覚でもって処理したいね。いまや、一億総野球評論家時代である。洲崎や上井草の頃とはちがう。野球解説者の言葉づかいはユユシキ問題であるのだ。

青少年学徒に与える影響力甚大といわねばならぬ。前記水原茂が審判に抗議するときに吐くツバキだか痰だかの量が問題になる世のなかである。

野球解説者にはアナウンサーもふくめて二子山親方の愛嬌がない。若ノ海の体軀を「猫の年増太り」と表現する。絶妙で思わず膝を叩かせる態のものである。神風の明晰がない。将棋解説者の仏法僧、金子金五郎の筆力がない。アベレージとデータが重要なのに、一部の人をのぞいて勉強がたりない。結果論だけで言う。間違ってもいいから結果の出るまえに自分の意見を言ってほしい。その意味で、江分利がひそかにヒイキにした解説者は現阪神タイガースのコーチ青田昇であった。

## Ⅱ

江分利は東西電機宣伝部野球チームの監督である。

部長・課長・係長以下27名、全員が部員である、女子も応援団員として会費をおさめている。会費のことでいえば、わがEast & West軍の会費はすこぶる高い。最高が毎月5百円、中堅社員が3百円、新人でも2百円である。病気で全然参加できない人でも百円。女子は弁当や菓子を持って応援にきたり、会計係をやらされたりするうえに50円を徴収される。（余談だが、会計係は絶対新人の花の如き少女であらねばならぬ。我が軍は毎月8千円見当のキャッシュがはいるのである。そこへ、時々、赤羽常務、部長、課長から寄附をいただく。宣伝部内の、たとえば宴会をやって余った金などは、鹿野宗孝主将が巧みにかすめとる。だから、結成して5年たった現在では10万円を越す普通預金通帳を保有しているのである。独身男性がこれをあずかることは間違いのモトである。まして世帯持はどんなことでどんな誘惑にかられるか、はかり知れぬものがある)

野球部の会費(部費というべきか)を高価にしたことには、江分利の監督としてのひとつの狙いが秘められている。まず、高価であれば否応なしに関心が高まる。そして、当然出席率(出場率かな)がよくなる。草野球ではまず人数をそろえることからはじめなくてはいけない。E&W軍では自家用車(この言葉は少し古めかしいが、今様では何というのか知らない。間借り、寮生活、社宅で車を持っているのは、下の用車はわかるが、上の自家の2字にどうもヒッカカル)を持っているのが3人いる。これが用具運搬係である。この手当は会費から支給する。その他、私鉄ストなどの際のタクシー代も支給する。従って出席率がよくなる。

資金が豊富だから、ボールが叢に入って捜索困難と判断したときは、江分利が大声を発して拾いに行かせない。相手チームに賞品を贈る。試合終了後は小宴会を催す。納会では馬鹿騒ぎできる会場をえらび、優秀選手を表彰する。万事につけてゼイタクである。何故か。東西電機のように急上昇した会社の仕事は、まことに激務である。会社がどんどん発展するのだから、楽しい、ユカイな忙しさであるが、忙しさには変わりがない。新製品で押しまくるから、勉強もたいへんである。だから、日曜日の野球は、あくまでも遊びであって、仕事のじゃまにならぬよう、心理的にもゆったりとしてもらいたい、というのが江分利のねがいなのだ。雑用もほとんど自分でひきうける。監督だから、独断独裁軽挙妄動をモットーになんでもひきうけるが、時々の失敗も許してくれと部員に言ってある。そして部費は少しゼイタクに使う。部費で思いだしたが、結成当時はその調達に苦労した。江分利はトトカルチョや賭けを利用した。たとえば、日本シリーズでは何勝何敗でどちらが勝って最高殊勲は誰といった賭けを1口百円で募集するのである。これは簡単で、当りそうな錯覚をだれでも抱くが実際は非常にむずかしいのである。正解がなければ球団で没収、正解者は配当金の2割をテラセンとして球団に寄附するのである。これでずいぶんもうけた。たとえば、これは一例にすぎないが、大毎ミサイル打線とヨロメキ初優勝の大洋とがぶつかれば、まず7割が大毎に賭けるのが常識である。大洋に賭けても、4＝3、4＝2というところである。ところが、ご存じの通り大洋のストレート勝ちという意外また意外の結末である。これを当てたのは、野球を全く知らぬ杉木カメラマンだった。彼はあいているところへサインしただけだ。球団はもうからなかったかというと、そうではない。杉木カメラマンが最高殊勲選手を近藤昭仁といいあてるのは無理だ。つまり、この種の賭けはいかにも当りそうでいて野球通にも素人にもなかなか当らないのである。江分利はまた、デパートの玩具売場をのぞいて、新作のゲームを買ってきた。ゲームは単純で短時間で勝負がつくものの方が面白い。これに1回10円の使用料をとるのである。うまくあたると、経理課や営業からも昼休みに借りにくる。部員が監視して使用料を徴収する。スマート・ボールと撞球をまぜた、なんとかボールという、名前はもう忘れたが、そのゲームは大当りして重役室が秘書を通じて借りにきたくらいだから豪気なもんだった。坂根進がロンドンで買ってきたダーツ(dart 投げ矢)も当ったね。但し、当りすぎると江分利は叱られやしないかと思ってヒヤヒヤした。叱られたことは1度もない。東西電機のような上向きの会社で、従って若い社員、若々しい重役の多いところでは、仕事に気合いがはいっていてしかも笑いがうずまいているから、妙な気兼ねはいらなかったのだ。もちろん、野球部の資金が潤沢となった現在では、もうそんなことはやらない。

草野球必勝法について書く。

必勝法といっても相手方に高校時代野球部のエースなんてのがいたら勝てっこない。あくまで、まあチョボチョボという場合である。

草野球の監督のつらいところは、やってきた全員を出場させねばならぬという点である。13人、18人、23人、いずれの場合も全員出場ということがまず前提である。しかも草野球は大体は7回戦である。投手戦でタンタンと進むなんてときは、焦るね。しかし、この全員出場は相手方も同じ条件である。ここに機微が存するのである。

投手にはコントロールのいい奴と、ヒネクレ球の持主の2名を用意する。前者が先発であり、丹念に内外角の低目を狙わせる。外野フライ落球というケースが多いからである。4球を出さないこと。ピンチに強打者をむかえたらヒネクレ球を出す。E&W軍には左腕でアンダースロー、ナチュラルシュートという妙なのがいる。無死、2、3塁というケースで4番打者をむかえたら、敵は気負っているからヒネクレの悪球に手を出すのである。ピンチを逃れたら、すぐもとの投手にもどす。

強肩・好守を3塁に置き、ベースより2メートルまえで守らせる。当りそこねと浅い邪飛の処理である。

1塁には性格的にガメツイ奴、闘志のある者を置く。ポロリを防ぐためである。

捕手に忍耐力のある者。弱肩でもよい。草野球では2盗を刺せぬ、と考えた方がよい。

あとのポジションにも、それぞれ意味があるが、まあ、バッテリーと3塁、1塁が基本である。布陣はこれでよい。

課長、係長だからといって、よいポジションをあたえるのはよくない。と、まあ常識では考えるだろうが、ドッコイそうはいかぬ。逆の逆でいく。管理職にある者の責任感をフルに利用しなければ損である。特に、バッティング・オーダーでは3番4番を管理職におくとよい。何故なら、責任感と気力が草野球では好打をよぶのである。1死3塁という局面で課長を代打に起用すれば、セカンド前にゆるいゴロを打って走者を還そうとする。課長の神経とはそういうものなのだ。これは一種のファインプレーである。若い社員は、気負って3振ということが多い。

草野球の球場はふつうは右翼がせまい。原則としていちばん守備のまずいのが右翼を守る。だから全員に右翼打ちを奨励する。といえば、いかにももっともらしく聞こえるだろうが、バカなことをいっちゃいけない。右翼打ちができるくらいなら、もう草野球ではない。右翼がせまく、右翼手が下手だと見てとったら、チャンスに、やや振りおくれ気味の右打者を代打にたてる。これが監督の任務である。それ以上は不可能である。

江分利が3塁のコーチャーズ・ボックスからだすサインは2種類しかない。盗塁と、バッティング・チャンスに打つか打たないか、だけである。盗塁は牧野、麻生、坂根の3選手にはサインを出さない。3人とも俊足だから、自由にやれ、といってある。牧野、麻生は短距離の選手であり、坂根はそれほど早くないが投手のモーションをぬすむのが実に巧みである。野球勘を持っている。ノー・トゥ、ワン・スリーに打つか見送るか、のサインをどうやっておくるか。これを看やぶられたら一大事だ。江分利は、たえずコーチャーズ・ボックスで大声でわめきたてて、手を叩いている。「負けるな、負けるな！」「いい球を逃すなよ」「狙え、狙え！」「むかっていけよ！」「目をはなすな！」それと拍手、たえず手を叩いている。バッティング・チャンスだが、相手投手が乱れている、もっと投げさせて疲れさせたほうがよい、走者をためて逆転、といったときには、大声で叫びつづけるが、手を叩かないのである。従って打者は江分利に全く無関心をよそおっていてもサインは分っている。「いいか、いい球狙えよ！」「クサイ球でもひっかけろ！」と怒鳴っているが、実際は見送るわけである。

草野球では監督の指示はこの程度でよい。ヒット・エンド・ラン、スクイズ、送りバントなどは、むしろ無意味で、のびのびと打った方がよい。

相手チームが味方よりも少し強いときはどうするか。勝てるか？　勝てるのである。守備練習、打撃練習を見てこれはイカヌと思ったら、江分利は前の晩に寝ずに考えたオーダーを急遽変更する。つまり、ワザと弱体のメンバー表をつくるのだ。当然、リードされる。4回までは辛抱する。時には5回までガマンする。相手チームはE&W軍を見て笑いだすのである。そしてエースをベンチにひっこめたらしめたものである。先方にも全員出場という弱味がある。クリーン・アップの2人を変えるのを待つ。ベンチで控えている選手に「7点までは大丈夫、必ず逆転するよ」と囁く。5回または6回、突如、我が軍は精鋭をくりだすのである。2死満塁に坂根進を代打に起用する。彼は好球がくれば左打ちでもオーバー・フェンスという打力をもっている。この手で奇勝したことがずいぶんある。従ってスコアは、18対17、13対11などという凄いことになる。但し、この戦法は初顔合せでないと通用しない。

東西電機宣伝部の全員が野球部員である。だから、この人がというようなのがユニフォームを持っている。

「江分利さん、ピッチャーと捕手は味方同士ですか?」

なんていわれると、泣きたくなるが致し方がない。江分利としては、こういう選手にヒットを打ってもらいたいのである。それが最大の喜びである。

「あのう、ユニフォームをつくってもらったのですが、軟式ですか?」

「軟式だよ」

「そうすると、巨人や南海のつかっているボールとちがうのですか?」

「ちがうよ」

「ははあ、そうすると、子供が公園でやってる、ゴムにイガイガのついてるヤツですか?」

ゴムにイガイガがねえ、まあ、そういうことになるかなあ。

だから、デザイナーで2塁手の柳原良平が26打席連続3振（現在までのプロ野球公認記録は東映高野投手の12打席連続3振である）の記録に終止符を打って右前に快打して、1塁ベースに仁王立ちになったときは、E＆W軍のベンチは坂根進のホームランよりも沸きたって、握手攻めで試合は一時中断されたのである。ほんとうに涙ぐんで喜んでいる奴もいた。江分利としては、涙ぐんだ奴がいることを発見したことの喜びの方が大きいのである。

野球と会社の仕事とは無関係ではないと江分利は信じている。右の事件でもわかるように、このチーム・ワークは仕事に生かされる、と信じている。だから、新入社員はムリにでも入団させるのである。ただし、会社の仕事、つまりビジネスとそれ以外のオツキアイとは別物だという意見も、サラリーマンとしては立派な考え方だと思っている。これは江分利とは逆の生き方であるが、尊重したいと考える。ムリヤリといっても、そのへんの判断がむずかしいところだ。オツキアイは嫌だという個性的な生き方を逆の意味で江分利は愛しているのである。

江分利は宣伝部チーム結成以来、1度も休んだことがない。どんな宿酔でも参加する。内職の小説や随筆の締切があって徹夜しても、そのままかけつける。夏の暑いムンムンした太陽の下でも人数が足りなければ外野を守る。全軍を叱咜する。倒れてのちやむの精神でがんばる。

クラクラする。投手が2人に見える。しかし、しかしだ、試合終了後に両軍で飲むビールの味を江分利は知っているのだ。だから、彼はがんばっているのだ。

# すみれの花咲く頃

## I

テレビジョンの発達により、見たくない顔を見せられるということがある。見たくない顔は自分の顔であるということもあり得る。演技力充実して時に主役を演ずる映画俳優が、深夜劇場といった番組で10年も前の自分の拙劣な演技を見せつけられるのは苦痛であるという。江分利にも、それがある。それのひどいのが葦原邦子さんと轟夕起子さんである。

葦原邦子さんのことをアニキといっても通じない人がふえてきたろうが、あの人はアニキなのである。

轟夕起子さんに関していえば、江分利は少年時代、あんなに美しい人がこの世に同時代に存在しているという事実に感動したものだった。『宮本武蔵』のお通や、『姿三四郎』の娘役では、女が花やかに匂うようであった。こぼれ、あふれるような美しさに息をのんだ。

いまの葦原邦子さん、轟夕起子さんが美しくないというのではない。しかしまた抗しがたい年輪も否定できぬ。葦原邦子さんがテレビの料理の番組に出たり、コマーシャルをしゃべったりするのを見るのは、江分利にとって少し苦痛である。葦原邦子（アニキ）という存在は、もっと華やかな金粉をあたりに撒きちらすような何かだった。江分利は葦原邦子さんのファンではなかったが「憧れ」とか「夢中」とかいう言葉があって、ある種の女性が当時そういう感情を同性の彼女に抱いてもちっとも不思議ではないと思われる何かを葦原さんは身につけていた。当時を今から30年前の昭和8年としてみると、その頃葦原さんに近づくためにある種の女性はさまざまの工夫をしたのである。葦原さんが可愛がっている若い生徒のファンになり、まずその人に接近して、しかるのちという敵は本能寺型があり、東京駅での送迎というときに若い生徒のそばについていれば自然に葦原さんに接触できるわけである。楽屋番のおじさんを買収するなんてこともあったらしい。

「すみれの花咲く頃」という歌の歌詞をご存じかね。東西電機の宴会における江分利満氏のただひとつのレパートリーだから、これだけはしっかり憶えている。「すみれの花咲く頃」は宝塚少女歌劇の昭和5年8月公演のレビュー『パリゼット』の主題曲であり、白井鐵造の帰朝土産で空前のヒット作として8月9月10月の3ヵ月続演となった。（余談だが東京宝塚劇場が落成したのは昭和9年である。それまでは東京で公演するときは市村座・邦楽座・歌舞伎座・新橋演舞場を使っていた。これも余談だが東宝という会社は、東京宝塚の略称である。東京も宝塚も地名であり、従って新潟東宝映画劇場というコヤがあるとすればニューヨーク・シカゴ・

サンフランシスコ劇場というように地名が3つ並んでいるわけである。こりゃ愉快)。『パリゼット』の前に当ったのが同じく新帰朝岸田辰弥作の『モン・パリ』で、昭和2年の月花組公演で10月雪組公演とひきつづき上演された。『モン・パリ』が日本のレビューの型をつくり『パリゼット』『花詩集』『プリンセス・ナネット』で一応の完成をみたといえるのではないか。第一、それ以前にはレビューという言葉はなく、歌劇、喜歌劇、ダンス、お伽歌劇、舞踊劇舞踊、新歌舞劇、振事劇、夢幻的歌劇、童話歌劇、児童用神話劇、諷刺歌劇、バレー、高速度喜歌劇としかいわなかったから『モン・パリ』が本邦レビューの嚆矢といってよいと思う。

さて「すみれの花咲く頃」であるが、この歌のまえに前説みたいなものがあったのをご存じでしょうか。これは草笛美子なのか、三浦時子なのか、橘薫なのか、葦原さんなのかよくわからないが、前説をいった時代があったことは確かである。これは春日野八千代ふうの正調宝塚ブシで読んでもらいたいね。シルクハットに燕尾服、ステッキを持った男(実は女)が舞台へ出てくる。ステッキをくるくるっと廻してほうりなげ、わざと危なっかしく受けとる。(このへんで、キャーという歓声があがる)受けとった所がちょうどマイクロホンの前という演出。

〝春が来て(ハアルが来てという調子)桜の便り訪ぬる人はあれど(あくまでも女がせい

いっぱい男ぶるという口調で続けてください）北向きの深い竹藪の陰に、紫菫がそっと咲いて寂しく微笑んでいるのを誰も知らない。うつむいている花びらをあおむけてみると、花はおだやかに静かにゆれる。そのひともとを採り、花にある感謝を捧げよう。（これが前説）

（歌詞）

春、すみれ咲き春を告げる
春、何ゆえ人は汝を待つ
たのしく悩ましき
春の夢甘き恋
人の心よわす
そは汝、すみれさく春

すみれの花咲く頃
はじめて君を知りぬ
君を想い日毎夜毎
悩みしあの日の頃

すみれの花咲く頃
今も心をふるう
忘れな君　われらの恋
すみれの花咲く頃

江分利はひどい音痴であるが「すみれの花咲く頃」に関していえば、もしそれが彼の絶好調の日であるならば、ほぼ間違いなく音程をはずさずに歌うことができる。

なぜかというと、江分利は昭和21年の春に夏子と知りあい24年5月28日に結婚するまで、毎日のようにこの歌を歌ってばかりいたから自然に歌えるようになったのである。ただし、憶えるまでに1年以上かかり、何度も何度もなおされた。夏子の出身校である都立第1高女（今の白鷗高校）は上野の音楽学校が近いせいか、音楽がさかんで夏子の少女時代の夢は結婚して旦那と2部合唱することであったらしい。生涯のツレアイが江分利と決定したときは、ほんとにガッカリしたという。「すみれの花咲く頃」のほかにショパンの「別れの曲」も歌ったが、これは遂に〝歌える〟という域に達しなかった。

わが心　捧げん

君よきき給わずや
そなたに
（中略）
恋に狂う胸よ
君去りし嘆きよ
あい見る日
またなしと

この〝恋に狂う胸よ〟という所が全くもって高い調子で、江分利が歌うと絶叫に近くなる。「別れの曲」は出だしが非常に低く、間でヤケッパチみたいに高調し、最後はションボリという曲だから江分利にマスターできるわけがない。

「すみれの花咲く頃」は草笛美子、葦原邦子という旧タカラヅカ調でやってもらいたいね。葦原さんはたっぷりと歌う。〝聞かせる〟のである。日本的情緒がある。和洋折衷の粋である。昔のタカラヅカ調にはこちらの心をすっかり許してもいいような安心感があるところがウレシイ。たとえば、いまから30年前の小夜福子には〝音痴可憐〟といった趣きがあり、だいたいこの生徒は舞台でトチッたりするのが可愛いいというので人気がでたのである。小夜福子の歌というものを聞いたことがないが、あの声帯に江分利は親近感を感ずる。〝サヨフクコハオンチダッタノデハナカロウカ〟と想像するだけでぞくぞくっと嬉しさがこみあげてくる。だいたい、今、舞台でトチッて立往生して、それで人気がでるという女優さんがいるだろうか。そういう雰囲気のステージがあるだろうか。有馬稲子さん(現在の)という映画女優が舞台に復帰してトチッて立往生したら、たちまち叩かれるだろう。新聞や週刊誌の劇評欄・ゴシップ欄・読者の投書欄などが容赦なくやっつけるだろう。これは正しいことなのである。お客は入場料を払って見にきているのだから、当然のことなのである。小夜福子さんをからかったり、ふざけていっているのではない。小夜さんには立往生してもかまわないような女優さんとしてのサムシングがあった。そういう時代でもあった。そうしてそれがタカラヅカであった。

「すみれの花咲く頃」はご承知の通りもとは「リラの花」というシャンソンであって、男の歌う歌である。テンポも早いし、シャンソン特有の孤独感があり同時に歌としてもなかなかにきびしいものをもっている。それが宝塚になり葦原さんが歌うと俄然ふっくらとしてしまう。情緒たっぷりとなる。ウットリとさせる。葦原さんは別のヒット曲「鈴蘭の歌」を歌うときはスズランのラ、ン、の所を今でも実に色っぽく可愛らしく歌う。この独特の可愛らしさは「雀百まで……」という感であって、だから江分利はラジオで葦原さんの歌の番組があれば万難を排しても聞くということになる。但し、テレビはどうも少し、いけない。江分利にとって葦原さんのテレビ番組がすこし苦痛であることをわかっていただけるはずだと思うのだが……

2年前の11月2日の夜、江分利はブルー・リボンのカウンターのすみっこでウイスキーを飲んでいた。11月3日が誕生日である。あと2時間で35歳になる、とぼんやり考えていた。すると、突然、江分利の耳もとでシャンパンが鳴り、バンドが「ハッピィ・バースディ」を演奏し、客が全部立ちあがって拍手した。視線が全部江分利に集まる。ミチヨがシャンパンの瓶を持ってにっこり笑う。遠くでマスターが軽く頭をさげる。すこし前にミチヨに明日で35歳ということをしみじみした口調で言ったが、そのしみじみがいけなかったと思う。ブルー・リボンでは常連の誕生日を憶えていてシャンパンをサービスするのは知っていたが、誕生日は翌日であり祭日であるから、そういうつもりで言ったわけではない。それに江分利は内職の小説を書きはじめたばかりの頃で、東西電機の係長という地位では酒量は別として、常連とはいっても決していい客ではない。酒品のわるいことでも定評があった。

そこへ宝塚のマキ・カツミさんとコノハナ・サクヤさんが入ってきた。

そうして、その夜は江分利が主役という形になってしまったから、マキさんとコノハナさんが両脇に坐るということになって、ついにマキさんが江分利のために「すみれの花咲く頃」を歌うという段にまで発展してしまった。マキさんもコノハナさんも翌日の舞台があるからジュースとコーラだけだったが話がそういう具合に発展してしまって、つまり江分利が「すみれの花咲く頃」を愛好する話をして、まわりにいた悪い奴等がシツコクけしかけるというふうになって、遂にマキさんは止むを得ずバンドの前に立つということになったのである。江分利にとっては嬉しいことではあったのだが、なんといってもいかに親しいうちうちの客ばかりではあっても酒席で歌うのは違法であり、特に公演中でもあるのでマキさんの辛さがよくわかり、誠に心苦しいことであった。

しかし、いったんマイクの前に立つと、こぼれるような笑顔になる。

そうしてマキさんの歌い方は、葦原さんともシャンソンとも違っていた。テンポが早く、明るく、軽快で、はなやかであった。アメリカのジャズに近い感じだった。ジャズといったって種類が多すぎて江分利にはどれと指摘することはできないが、なんとなくジャズ化されているという印象をうけた。どうもこれは35年8月の『華麗なる千拍子』を頂点とする最近の宝塚の傾向であるように思われた。『華麗なる千拍子』も寿美花代という人も古くは越路吹雪という人も、マキさんの「すみれの花咲く頃」も、ある意味では江分利にとっての〝タカラヅカ〟ではなかった。寿美さん、越路さん、マキさんという人も、1人前のちゃんとした〝女〟であり、芸能人であり、そしてタカラジェンヌではないように思われる。

そもタカラジェンヌとは何者ぞ。 Ⅱ

昭和8年の宝塚少女歌劇の生徒と所属は次の如きものである。

（花組）

奈良美也子、村雨まき子、秋月さえ子、岡真砂、大町かな子、故里しのぶ、桜緋紗子、水乃也清美ほか25名

（月組）

小夜福子、巽寿美子、伊吹かく子、雲野かよ子、富士野たかね、社敬子、梢音羽、御手洗みどりほか24名

（雪組）

桂よし子、千早多津子、雪野富士子、初音麗子、室町良子、汐見洋子、松山浪子、錦あや子ほか23名

（星組）

門田芦子、速水岩子、嵯峨あきら、春日野八千代、園井恵子、尾山さくら、糸井しだれほか26名

（声楽専科）

三浦時子、橘薫、草笛美子、明津麗子、葦原邦子、大空ひろみ、高千穂峯子、轟夕起子、芝恵津子ほか25名

（ダンス専科A組）

夏木てふ子、加茂なか子、京極多哥子、佐保美代子、通路吹子、早瀬千代子、梅野愛子ほか35名

（ダンス専科B組）

関洋子、小桜咲子、玉川清子、月影笙子、霧立のぼる、秩父晴世、逢阪せき子、玉津真砂ほか36名

（ダンス専科C組）

田子宇羅子、丘みどり、松野友子、神代錦、浦妙子、明野まち子、朝霧優子、夏野陽子ほか34名

（舞踊専科）

天津乙女、花里いさ子、御幸市子、保良さよ子、若水幸子、小松歌子、直木真弓、玉虫光

子ほか23名

（本科）

月岡康子、松藻さつき、桜町公子、山部志賀子、海原千里、春江ふかみ、美吉佐久子ほか37名

すぐにお気づきのことと思うが、このなかには現在も宝塚少女歌劇団員として活躍中の諸嬢がおられるのである。

大正7年12月文部省私立学校令によって認可された「宝塚音楽歌劇学校規則」第6章第9条によれば本校ニ入学ヲ許可スベキモノハ身体健全品行方正年齢13歳以上19歳迄ノ女子ニシテ尋常小学校卒業者若クハ同等以上ノ学力アリト認ムルモノとなっており第2章第2条によれば音楽普通ノ智識技能ヲ養成スルヲ目的トシ修業年限ヲ1ケ年トスという予科と音楽及歌劇専門ノ教育ヲ授クルヲ以テ目的トシ修業年限ヲ1ケ年トスという本科を卒業して研究科に入らなければ舞台に立てないわけだから、ここに名前をあげた諸嬢は昭和7年当時ですでに最も若い人で15歳以上であらねばならぬ、従って昭和38年現在でいうならば数え年の45歳、満年齢の43歳を免れ得ない。実際は、だから50歳ちかい人、もしくは50歳を超えた人ということが可能性としては充分に考えられるわけであって、それがつまりタカラジェンヌなのである。

宝塚少女歌劇団は少女の集まりであり、前記音楽歌劇学校規則第9章生徒心得及処分第21条本校生徒ハ志操ヲ堅固ニシ専心技術ノ上達ヲ計リ常ニ奮励努力ノ精神ヲ忘ルベカラズ、第22条礼儀ヲ重ンジ以テ本校生徒タル本分ヲ全フシ苟モ軽佻浮薄ノ挙動アルベカラズ、第23条本校生徒ニシテ規則ヲ遵守セズ若クハ本校ノ体面ヲ汚ス行為アルトキハ譴責停学若クハ退学処分ヲ行フという条令、および「清く正しく美しく」というモラルからしても、タカラジェンヌたるものは絶対に処女であらねばならぬ。未通女《むすめ》であらねばならぬ。

すると、タカラジェンヌとは、50歳以上の処女数人、40歳代の処女10数人、30歳代の処女数10人および20歳代、10歳代の処女無数という女の集団であることが常識的に考えられる。

これはちょっと妙なことではないかね。ちょっとおかしいとは思わないかね。

わが愛する株式会社東西電機の独身寮は30歳未満の童貞（と信じたいね）の集団である。しかし50歳以上、40歳代というものはいない。それでも江分利は妙にナマグサイ集団というふうに認識している。付言するならば、江分利満が22歳で結婚したことを想起せられたい。

タカラジェンヌとは言葉の厳密な意味における脚光を浴びた美貌の処女の集団である。奮励努力ノ精神、志操堅固の集団である。たとえば声楽専科において実名をあげた9人の処女の名をもう1度読みかえしていただきたい。ここには一種の黄金時代がある。声楽専科というひとつの科をとってみても、いまの映画会社1社の女優さんに匹敵するだけの美貌と才能と素質とがある。288人の美貌の処女の集団というのは実にナマグサイとは思わないかね。そのなかの何人かがまだ処女のままで現存していることに不思議を感じないかね。

そうしてそれが江分利にとって日本の昭和8年および10年代の半ばまでという年代における何かであったような気がしてならぬのである。

宝塚には結婚したら退団せねばならぬという不文律がある。女の歌劇なんだからね。江分利の仲のよい40歳に近い生徒さん（特に名を秘す）がしんみりした口調で言った。

「エブちゃんねえ、私にも縁談がずいぶんあったのよ。それと好きな人が、そう、3人はあったわね。チャンスが3回あったのよ。だけど結婚したらやめなきゃならないでしょう。ずいぶん考えちゃったわ。やっぱり宝塚の大きい舞台ってのは魅力があるしねえ、それにもっと踊りも歌も勉強したかったのよ。それはそれで楽しいことなんだけど、だけど、もう駄目ねえ」

これが〝清く正しく美しい〟タカラジェンヌである。江分利には、しかしこれが戦前の「日本」であったような気がしてならぬのである。

## Ⅲ

そも宝塚とは何者ぞ。

小さな湯の街宝塚
生まれたその昔は
知る人もなき少女歌劇
それが今では
青い袴と共に誰でもみんな知ってる
おお宝塚　TAKARAZUKA

おお宝塚　我があこがれの美の郷
幼き日のあわき夢の国
歌の想出もなつかしき
おお宝塚　TAKARAZUKA

朱塗りの反り橋長い廊下
三人猟師落ちた雷
忘れ得ぬ昔の想出よ
されど今もなお

宝塚の歌きけば懐しい思いは同じ
おお宝塚　TAKARAZUKA

おお宝塚　我があこがれの美の郷
幼き日のあわき夢の国
歌の想出もなつかしき
おお宝塚　TAKARAZUKA

（『パリゼット』より）

宝塚少女歌劇の第1回公演は大正3年4月1日宝塚新温泉のパラダイス室内水泳場の脱衣場であった。北村季晴作歌劇「ドンブラコ」本居長世作喜歌劇「流れ達磨」宝塚少女歌劇団作ダンス「胡蝶の舞」となっているが、江分利は行ったことがないが、当時は船橋ヘルスセンターと大差はなかったように思われる。

東京公演の最初は大正7年5月の帝国劇場で玄文社発行の婦人雑誌「新家庭」が後援した。

大正7年の末に宝塚音楽歌劇学校が組織され文部省の認可を受ける。

大正8年、最初の地方公演。（名古屋）

大正9年、花組月組ができた。

大正11年、宝塚大劇場竣工。

大正15年、前記『モン・パリ』の画期的大成功。

昭和3年、白井鐵造、堀正旗、井上直雄の3氏が欧米に出発。

昭和9年、東京日比谷原頭に250万円の巨費を投じて東京宝塚劇場が落成する。


かくして宝塚少女歌劇団は日増しに強大となり数多のスターをうむのである。

短い青い袴をはく。従って一種のツンツルテンスタイルである。従って袴のすそと白い足袋の間に素足がみえる。これがミメウルワシクナイ女性たちを泣かしたんだね。

江分利はほんというと宝塚はそんなに好きじゃない。子供のときに見た三浦時子、橘薫、草笛美子、葦原邦子というものは圧倒的だった。日本の戦前の少女たちが圧倒され、泣いた気持はよくわかる。葦原邦子というのは男装の麗人で、だからアニキといわれたんだろうが、それでいて実は女性的な女性であった。うしろをむくと断髪がカールしてある。オシリが大きい。従って燕尾服を着てもオシリも脚もパンパンにはってしまう。しかし、それでいいのである。あんまり男っぽくても、観客席の少女たちは困るのである。宝塚というものは日本の戦前の少女たちにとってちょうど〝いい頃あい〟だったのではないか。

江分利は子供のとき、親類の娘やなんかに連れていかれた。ものごころついて、性にめざめてからは恥ずかしくって行かれなかった。だいたい東京宝塚劇場の脂粉の匂いというものがなんともたまらなかった。

昭和19年、江分利は関西旅行をして、これが見おさめという思いで宝塚大劇に入ったら『科学者ベル』という芝居みたいなものをやっていて、彼は10分も見ることができないで飛びだした。「メリーさん、ぼかぁ貴女を愛してるんですよ、ねえ、メリーさん」というような白《せりふ》に耐えることは誰でも困難だったろう。金を払って劇場へ入って10分で飛びだしたということはあとにもさきにもこの時だけだった。それに江分利には出てくる人（全部女優）がみんな同じ顔をしているように思えたのである。

戦争が終って昭和22年4月というような記憶があるが、江分利は妹や近所の娘を引率してタカラヅカへ行った。当時、東京宝塚劇場はアーニー・パイルであって、主として劇場は日劇、帝劇、江東劇場を使用していた。そのときが『ファイン・ロマンス』であったと思う。『ファイン・ロマンス』の舞台もやっぱり江分利に戦争の終結を感じさせた。戦争が終ってみてはじめてきいた「メリーさん、ぼかぁ貴方を愛してるんですよ、ねえ、メリーさん」は不思議な安堵感を江分利にあたえた。ああああ、これが日本なんだな、日本がかえってきたんだな、ああああ、平和がやってきたんだなあ。

昭和25年の、これも4月だったと思う。その時の帝劇で上演されたタカラヅカの『春のおどり』はちょっとよかった。特に「筏流し」を歌った越路吹雪がまことに颯爽としていた。

筏乗りさんよ
筏乗りさんよ
たもとが濡れる　たもとが濡れる
借りてあげましょう　縄だすき
筏流しの　唄をうたうよ
背戸のと一は　北山よ
筏流しの
唄をうたうよ

おそらく、この歌からある種のフンイキを感じてジンとくる女性が何人かいらっしゃると思う。江分利の「筏流し」に対する感情は『ファイン・ロマンス』は平和の再来であったが「筏流し」からは〝タカラヅカ〟の崩解を感じたのである。とにかく越路吹雪さんというタレントは圧倒的であって、当時すでに宝塚とタカラジェンヌからはみだしていた。コーちゃんという人は宝塚ではない。そうしてここから日本のミュージカルがはじまるように感じたのである。

宝塚というものは、なんといっても倒錯性欲の、日本の戦前の押さえつけられた女性のエネルギーの結晶である。そのことは、退団した何人かの生徒からきいた。つまり変な妙な性欲の代償とされ、あがめられていたことを彼女たちも自覚していたという。そんな妙なことが続くわけがない。そうして昭和8年から昭和の半ばまでが、その倒錯の結集の黄金時代だったのだ。

さようならタカラヅカ

さようなら古い変なニッポン

さようなら妙なレビュー

江分利は「筏流し」を歌う越路吹雪を客席の最前列で見あげながら、そう思ったのである。

# 今年の夏

## I

東西電機の社宅の塀がどうなったかというおたずねをうける。

『江分利満氏の優雅な生活』の第1章で、小石をはねとばす車にそなえて金網の塀の高さを2倍にしようと江分利が発案し、建築会社がやってきたが、石の塀のほうがよいという意見もあって未解決のままになっていたからである。

塀は結局、ブロック塀となり、間にかなりのすきまをつくった。高さは通行人の頭より少し高い。従ってそとからのぞかれることはなくなった。しかし蔓バラを金網にからませるという江分利の願いは絶たれた。

値段に関していえば、これは全く江分利の認識不足であって、ブロック塀は金網の半値であった。

社宅には、かなりの異動があった。

隣家の辺根は去年の暮に福岡へ転勤となった。雑草庭園を通してきたのが、子供が生まれてから芝生になった。

「植木なら転勤のときに持っていかれるけど、芝生はダメだから……」

と、言っていたのだが、引越しのときに2メートル四方ばかりはがしてトラックに積みこんだ。このへんのカネアイが社宅の引越しのむずかしさである。全部はがしたら、あとにはいる者に何か言われそうである。しかしせっかく安くない芝を買って丹精して1年にもならないのを残してゆくのは心のこりである。

「芝を植えると転勤になるちゅうジンクスはホンマやね」

辺根は、トラックの助手席からそう叫んだ。2階の棚の板はよかったら使ってくださいとも言った。辺根夫人は九州の出身だから、辺根自身も転勤が嬉しそうだった。

営業2課の小林も大阪支店経理課の係長になった。

業務課の佐藤勝利は今年の3月にアメリカ駐在員になった。かねがね海外出張を希望していて「沖縄でもよろしおますねん」と言っていたくらいだから喜びいさんで出かけた。

江分利は仕事の都合で見送ることが不可能になったので、佐藤が出発する前の晩に都内のホテルを借りて一緒に泊ることにした。佐藤は夫人と子供をいったん実家に帰し、社宅の方もすっかり片づけてあった。

銀座で食事してから、佐藤と一緒に歩いたバーや寿司屋を1軒ずつ廻る約束になっていたのだが、佐藤のほうが連日の引きつぎやら荷造りやら歓送会やら英会話の講習でへたばってしまっていた。

「江分利さん、わたし、あかんわ。えらいすみませんが、ホテルで食事させてもらいますわ」

高くつくが、そんならルーム・サービスで、ということになった。

「佐藤さん、いちばん高いもの食べようよ、ほんとは銀座で魚を食べてもらいたかったんだけど……」

「よっしゃ。ほんなら……」

佐藤はサーロイン・ステーキと海老フライとフルーツサラダをとった。3本のビールを2人で飲みきれなかった。

「駄目になったねえ」

「トシですねん」

彼の眼は疲労で落ちくぼんでいるようにみえた。

ホテルは赤坂の高台にあって、部屋は7階である。宮城をとりまく広い道が見える。むこうへ行く車はテイル・ランプが赤く、こちらへ来る車のヘッド・ライトは黄色だから、赤い帯と黄色の帯が反対方向に動いているように見える。

「へえ、面白いもんでんなあ。はじめて気がつきましたわ」

江分利と佐藤は窓ワクに腰をおろした。佐藤とはもうこれきり会えないかもしれない。この夜を語りあかすには2人とも疲れすぎている。間もなく寝なくてはいけない。それまでの短い時間。江分利は佐藤とそれほど深くつきあうつもりはない。仕事も違うし、性格も違う。堅実一方の佐藤家と、ヤクザっぽい江分利を中心とした家庭もすこし違う。そうして、同じ会社に勤める人間があまり深くつきあうのはよくない、という考えもある。しかし、佐藤をイイ奴ダと思う江分利の気持にかわりはない。

「裸踊りはもう見られないね」

「なにをおっしゃいますか」

江分利は、最後の夜を江分利だけにあけてくれた佐藤の気持がうれしかった。

「将棋もできないね」

「江分利さん、もう止めてくださいよ」

佐藤の顔が一瞬クシャクシャになるように見えたが、窓際は暗かった。室内は小さいスタンドだけの明りである。

佐藤は立ちあがって江分利を見た。

「江分利さん、どうも、いろいろ有難うございました」

「なんですか。あ、いや、つまらないもので……」

夏子は、自分の派手すぎる訪問着を佐藤夫人にプレゼントしていた。

「とても喜んでいました。わたしが言うのは、だけどそのことだけじゃないんです。どうも、いろいろ……」

佐藤は握手をもとめて
「わたしの兄が広島におりますねん。いっぺん、奥さんと庄助ちゃんと遊びに行ってやってください。兄にはよく言っておきました。明日、羽田でご挨拶させるつもりでおりましたんですが」

と言う。

「だけど、よかったね。行きたかったんだろう」

「それは、まあ……」

江分利には佐藤の気持がまだよく分っていない。外国へ行きたいという気持は漠然とは分る。だが佐藤の場合は、海外勤めをして出世の資格をもって帰ってこようというのとは少し違う。気分の転換、スランプの解消でもない。沖縄でもアフリカでもよいというのだから、アメリカへ行って別のことを勉強しようという気持だけでもあるまい。佐藤はエネルギーをもてあましているのではないか。10年勤めたサラリーマン生活にあきたというわけでもあるまいが、細かくはたらかさねばならぬ神経をどこかで解放したいという気持はあるだろう。東西電機が急激に伸びてゆくとき、給料は安くても何かの気持がかよいあって上役も同僚もはげましあって声をかけあっていた時代はよいが、今のように企業として安定してくると、佐藤のような男にはかえって暮しにくくなっているのではないか。家庭をもち子供が生まれればサラリーマンをやめることが困難になる。大企業の時代、系列化の時代には自分で事業をはじめることは殆んど不可能である。サラリーマン・タイプでない人間がサラリーマンとして勤めているというケースが多くなってきているのではないか。そう思うと佐藤の宴会での裸踊りを別の目で見たいような気持にもなってくる。しかし佐藤の真意がどこにあるかは、まだ江分利にもよくつかめていない。そういうふうにして佐藤がアメリカへ行ってから半年が経つ。

Ⅱ

矢島と川村は、まだ残っている。いつも異動の時に噂のある吉沢第五郎もまだいる。彼は大阪の出身で本人も希望しているのだが、なかなか動かない。

経理課で残業の多い吉沢は、遅くなることがわかると江分利の席へやってくる。

「江分利さん、すいませんが伝言頼まれてほしいんやけど……」

「また遅くなるの?」

「そうなんや。ほいでなあ、いつもすいませんが光子にそう言ってほしいんや。10時、いや10時じゃ無理かなあ、10時半、ああ11時って言ってください。だから先きに寝ていいって……もっとも今日は『ベン・ケーシー』があるから起きているかも知れないけれど。すいませんなあ。それと、だから晩飯は会社で丼モノを食べるから、しまっていいって……あっ、カレーライスだって言ってたな。惜しいなあ、こういうときに限って残業なんだから。あの、わるいけど、食事はしまっていいけれど、カレーライスは分るようにしといてくれるように言っておいてほしいねん。せやなあ、1人分だけよそって蠅帳にいれとくように言ってください。それから、これはまだきまってないんやけど、ひょっとしたらの話やけど滝田さんと一緒に帰るかも知れんので(滝田は大阪の経理課員で吉沢と打合せのために上京していた)下の部屋をキレイにしておくようにって。そいでな、光子に滝田さん泊っても1晩だけだからって言ってください。明日の朝、帰るんだから安心やで。このまえ大阪へ行ったときにウッカリ御馳走になってしもてなあ、キャバレーに連れて行ってもろたりしたから。ああいうことはせんといてほしいなあ。まあ仕方ないわ、1晩ぐらい。ツキアイちゅうこともあるしなあ。光子にそう言ってほしいわ。僕からはよう言えへん。あの、だけどなあ、キャバレー行ったちゅうのは内緒やで……それとなあ、風呂にはいれるようにしといてほしいんや。11時ごろでいいと思うんやけど、もう3日も入ってへんのや……」

吉沢と話をしていると『国定忠治』の山形屋の場面を思いだす。〃時になあ山形屋、ものは相談だが……〃とやられているようで、こちらが藤造になっているような気分になってしまう。

しかし、吉沢第五郎を笑ってはいけない。よく考えてみれば、彼の残業代は相当なものである。かりに給料を3万5千円とすれば、それくらいの残業代、休日出勤手当を貰っていることになる。月収7万で、ほとんど無駄づかいをしない。麻雀をやっても独特のネバリがあって負けたことを聞かない。吉沢を笑っていると、何年か先きにヒドイ目にあう。最後に笑うのは吉沢なのだ。サラリーマンで郊外に瀟洒な家を建てたりするのは吉沢第五郎みたいな男なのだから。

東西電機の社宅の前にあった大きな田圃は全部埋めたてられてしまった。

小さなアパートと繊維会社の独身寮が建った。だからまだ空地は残っているけれど緑っぽいものは少なくなった。川崎郊外は土地がわるいのと煤煙で雑草も生えにくいと言われている。

蚊はおかげでいくらか減ったように思われる。引越してきたときは、近所の人や御用聞きに「蚊は先き」「カワサキ」といっておどかされたものだ。

独身寮は、丁度、江分利の家の目の前、道路をへだてて25メートルのところに建った。はじめ、江分利は、かわるがわる若い男が2階の正面に立って一定時間江分利家をのぞきこむのが不快だった。交替で正面の部屋にはいってきて、ポカンとした顔でこちらを見ているのである。何日か経って江分利は正面の部屋が小便所であることに気がついた。

庄助は中学に入学した。グングン大きくなって江分利とは10センチメートルしか違わない。間もなく追い越してしまうだろう。

夏子も36歳になった。従って人生観がやや変ってくるのも致し方がない。将来のことを考えるようになった。これは江分利も同様である。人生の収束を考えるようになった。冗費節約。夏子の方法は、まず5円玉を貯金箱にいれることだった。次に50円玉もいれるようになった。最近では酔って帰った江分利のポケットにあるバラ銭を全部貯金箱にいれてしまう。これではサラリーマンとしての江分利は困るわけだが、まあ仕方がない。

わずかではあっても貯金はいいことだ。有難いことなのだ。そのかわり、江分利は夏子に仇名をつけた。「アオバアリガタハネカクシ」という毒のある蛾が猛意をふるったことを知っているでしょう。夏子のニック・ネームは「アレバアリガタカネカクシ」である。

## Ⅲ

今年の夏。逗子の先きの長者ヶ崎の農家を借りることになった。農家は夏子の遠縁にあたる。

江分利家は旅行というものをしたことがない。江分利は旅行がきらいである。夏子はノイローゼで電車や汽車に乗れない。庄助はゼンソクで、従って温泉や湿度の多い所へは行かれない。

夏子の発案は次の理由による。

江分利は、ここ2、3年、めっきり身体がおとろえていた。深酒のせいもあろう。しかしそれだけでもない。終戦直後からすぐサラリーマンを続け、22歳で結婚して世帯をはった無理がいっぺんに出てきたような気味合いがある。係長となって管理の仕事に馴れないせいもあろう。昭和10年代生まれの社員の気持をつかみかねているところもある。

だから、できるだけ休暇を多くとって休養させたいと思ったのだろう。いままで会社の仕事にのめりこんでいた江分利も珍しく「ナカジキリか」と呟いて賛成した。

庄助のゼンソクには苦労したが、どの医者にも言われたことは〝皮膚を鍛える〟ことだった。それには海岸が一番よい。

夏子のノイローゼは、不思議なことに湘南方面なら調子がいいのである。中央沿線は荻窪へ行くのも怕がる。下町に育って鵠沼に別荘があったせいか。それに長者ヶ崎なら自動車で行かれる。

そうして、10日間だけの家庭教師を探すという。朝、庄助に勉強させて、午後に一緒に泳ぐという条件なら、いい人がいるに違いないとも言った。

今年の5月に夏子は長者ヶ崎を訪れた。7月の末から8月一杯を5万円で借りるつもりだった。維持費としての5万円とあわせて10万円を江分利の7月のボーナスから確保するという計算だった。

「困ったわ、ちょっと」

帰ってきた夏子は言った。

遠縁の農家は、どうせ借りるなら7月も借りてくれという。そうして2ヵ月で8万円でどうかという。それは相場としては非常に安かったが、江分利家の予算としてはハミだしてしまう。それに庄助は7月15日までは授業があり、20日から25日までは林間学校がある。

江分利は弟と2人の妹によびかけることになった。3人に1万円ずつだしてもらったらよい。そういうふうにして、江分利としてははじめての夏の家を持つことになった。

7月のはじめ、江分利は会社の仕事が重なって長者ヶ崎へ行かれなくなった。庄助もむろん学校があった。土曜、日曜は弟や妹の家族でいっぱいだった。

7月の末に夏子と庄助は父を連れて出かけたが、すぐ帰ってきた。

兄妹とはいっても、狭い家に大家族となると、トラブルはまぬがれがたい。調味料のことまでがうるさくなる。酒を飲む男、飲まない男ということもある。親類だけに、かえってめんどうである。

8月のはじめに江分利家はすぐあきらめをつけた。海へ10日間という約束で来た家庭教師も妙な顔をしたが仕方がない。中学の1年で、はじめて習う英語だけは嫌いになったら困るという江分利の考えを変えるつもりはなかった。

8月の末になったら、という心づもりも小さな事件で吹きとんだ。改造中の上の妹の家が長びいて、避暑というよりは両親や子供を連れての引越しという形になってしまったからだ。

そのうえ、あずかって貰った父が熱をだした。糖尿と腎臓がわるいところへ老人結核という診断である。どの家も子供が多いので、いったん江分利家へ帰ってきたが、ふたたび入院ということになる。

夏子の話では、月12万円の部屋と7万円の部屋とがあって、病院でそのふたつを示されたときに父は「私の小遣いではいれるところにしましょう」と言って7万円の部屋に入ってしまったそうだ。大部屋などは眼中にないという。

これでは、とても避暑どころではない。

「中仕切（ナカジキリ）」などとんでもない話だ。江分利の悪戦苦闘がまたはじまるだけだ。

大部屋へ移すという努力を夏子はもう放棄してしまった。江分利とても同様である。父はまたしても冷蔵庫がほしいとか違い棚がほしいとかデッキ・チェアがほしいとかわめいているそうだが、これは無視することにした。父はいかなる逆境にあろうとも演出だけは忘れない男なのである。どこまで続くヌカルミぞ。

江分利の一生には何かの不運が常につきまとうように思われる。不運とまでいかなくても「間の悪さ」を免れがたい。生きることは「間の悪さ」に抵抗することなのであろうか。

結婚15年目の夏は、このようにして終った。

## Ⅳ

どこまで続くヌカルミぞ。

江分利の無気力もまだ続いている。

江分利の将棋は専門家でいえば12級ぐらい、素人将棋の初段ぐらいの実力はあると思う。それが、近頃、素人10級ぐらいの男にも勝てなくなった。たいがいは逆転負けである。何故か。何故だかわからぬ。おそらくは興味をうしなっているせいだろう。気力がないせいだろう。

花札は、この5年間ぐらいさわったことがない。これには全く興味がない。戦後すぐ、賭場を荒らしたことなどは嘘のようである。賭場荒らしといっても泥棒や細工事ではない。そんなことは出来ない。冷静な判断とシャープな勘と気力があれば賭博師の間にはいっても勝てるのである。つまり、博奕打ちはあまりお利口さんでないということであろう。

麻雀も去年からやっていない。麻雀にも全く興味がないが、オツキアイという意味だけでやってきた。麻雀をやって勝とうという気持がない。巧者に打とうという気持もない。女にも興味がない。得手でない。これは江分利満36歳という年代に共通したものであるかとも思う。

中学の時の同級生が来て言った。

「今年の夏は、ぼくはついててねえ、3度いい目にあったぜ。それが色っぽいんだ。まず第一に男鹿半島に調査に行ったときにねえ（友人は国語学者で、大学の助教授である）町を散歩していたらちょっといい娘がいてね、ぼく、それについて行つちゃったんだよ、そいであがりこんじゃってね、そしたらオヤジさんが出てきてね、これがついてたんだなあ、県の教育委員をしていた人でね、すっかり話しこんじゃってさ、そのうち娘がお茶もってきたりしてさ。あぶなかったねぼくも。まさに貞操の危機を感じたね」

「それでどうしたの？」

「それだけさ。翌日は青森で会合があったからね」

「へぇえ」

「そのつぎが凄いんだ。小畑先生と五島列島へ行ったんだけどね。旅館で寝ようと思ったんだけど、隣の部屋が妙にシーンとしているんだね。ぼく知ってたんだよ、隣の部屋にはねえ、女子大生で日本史をやってる人が泊っているんだよ。やっぱり調査に来てたんだなあ、なかなか美人でねえ。昼間ちょっとおじぎしたんだけどね。凄いだろう」

「ふうん。そうかね」

「キミわかるかね、隣りはシーンとしていて物音ひとつしないんだぜ。変だろう。女のひとだって何か音がするもんじゃないかな。音がしないってことはねえ、キミにわかるかねえ、つまりぼくを意識してるってことなのさ」

「そうかねえ」

「そうさ。おまけに唐紙ひとつなんだよ。ガラッとあければそれでおしまいさ。実にあやうかったねえ、ぼくも」

「それで、どうなったの」

「ぼくもジイッとしていたのさ、物音ひとつたてないでね」

「朝まで?」

「朝までさ。むこうもシーンとしたままさ。こっちだってシーンとしていたよ。どうだ、いいだろう。あぶなかったねえ」

「唐紙はあけなかったの？」

「そんなこと出来るわけがないじゃないか」

「なるほどねえ」

「翌日、顔をあわせたらねえ『お早うございます』って挨拶するんだ。住所を聞いといたから手紙を出そうかと思ってるんだけどね、まだ出してない。どうも、キミ、われわれの歳になると危険な目にあうことが多いねえ」

「………」

「最後が、また凄いんだなあ」

「もういいよ」

国語学者の友人はまだ独身である。

酒についても、すっかり弱くなってしまった。どうかするとビール1本で酔ってしまうことがある。勢いであとを続けて飲むと翌日はグッタリしてしまう。宿酔の後悔と反省も、強烈ではなくなった。

飲む、打つ、買うについては、右のようなものだ。

仕事はどうか。仕事にはあきていない。

仕事にあきては大変である。

しかし、不調である。ピリッとこない。30歳を過ぎて度々の危機をこえて、30代の半ばになった頃から、江分利は自分の人間が少し変ってきたように思う。

江分利はどう変ったか。

江分利が変ったこともたしかだが、まず、世の中が変ったと思う。妙な安定ムードがただよいはじめている。

たとえば、東西電機についていっても、新しい仕事である弱電気メーカーにあこがれて入ってきたというよりは、就職案内で調べて最も安定した会社のひとつを選んだという新入社員が多い。これは当然の推移でもあろう。

会社が安定し、大企業に近づいて、重役室との距離ができたということもあろう。これも当然のことだ。

しかし、これらのことは、どうも江分利のようなタイプの人間には、あまり面白いことではない。

生活が安定して、レジューアーができて、バカンス時代ということが、どうもおもしろくない。江分利のような男には、江分利のような生い立ちの男には乱世がふさわしいのであろうか。どうも疲労が目だつ。仕事をして、それで疲れるというのではない。仕事ができる状態であるならば、むしろ疲労は少ないだろう。疲れてねむい、だからねむれるという状態であればよいのだが。

戦争と戦後と逆境と悲惨に狎れ過ぎたためであろうか。

無気力である。無気力を酒やなにかではねかえすという年齢も過ぎてしまったようだ。

江分利満の生活は、今後どうなるだろうか。何かの展開があるだろうか。

目の前に人生の収束と死がいっぱいにひろがってゆくように思われる。

江分利が、今の状態から立ち直れる時が来るであろうか。(筆者もとより知る由もない)

# Ⅲ章　昭和の日本人

## ■なぜ恥ずかしいか

カルピスという飲料がある。いま、東京銀座の表通りの喫茶店でカルピスを飲ませる店は、ほとんど、ない。あったとしてもカルピスをオーダーするときは、ちょっと気遅れを感ずる。何故か。

カルピスは「初恋の味」だからだろうか。それは、ある。あの黒ん坊のマークと水玉模様の包装紙のせいだろうか。そんなことは、ない。江分利はカルピスに対して、何となく気恥ずかしさを感ずる。それは江分利だけの気持だろうか。

げんに、カルピスを含めた乳酸菌飲料は、コーラスやミルトンやスカットなどのほかに、寿屋がミルクジュースを発売したことでもわかるように、勢いがおとろえるどころか、むしろ新しい流行のようにもなってきている。

乳酸菌飲料は、あんがい、飲み方がむずかしい。濃すぎるとベトつくし、薄いのを口にしたときのムナしさは、国電山の手線が大塚・巣鴨・田端駅を通過するときの索漠感に似ている。

カルピスの、つまり「初恋の味」としての全盛時代は、いつ頃だったのだろうか。江分利の生まれた頃、大正の末から昭和の初期にかけて、だったのではあるまいか。昔、一高・三高の定期野球戦があった頃、スタンドに四斗樽を置いて、カルピスを飲み放題に飲ませたという。その話をしてくれたときの母のくちぶりや顔つきから察すると、ベースボールとカルピスは、当時のハイカラを代表していたもののように思われる。江分利がカルピスに恥ずかしさを感ずるのは、そのせいかもしれない。大正末期・昭和初期という時代も、江分利にとって恥ずかしい。ベースボールについて言うと、江分利には神宮の野球場というものも恥ずかしい。何故か。昭和10年代になって、多分、若原のあと、石黒のまえだったと思うが、早稲田に近藤ナニガシという投手がいた。神宮球場のサイレンが鳴り終り、近藤はゆっくりと捕手のサインをのぞきこむ。つぎにストッキングをたくしあげ、ズボンから手拭を出して丹念に眼鏡を拭く。手拭をしまって帽子をかぶりなおし、タイムを要求してスパイクシューズの紐をしめなおし、サインを確認して、うしろをむき、一声「打たせるぞ!」と叫ぶ。近藤はまだ1球も投げていない。第1球、果たしてカツンと打たれる。翌日の戦評は、近藤がバックスに打たせるぞと叫んで、ために打者の打ち気を誘ったのが早稲田大学の敗因であったと書く。近藤は左腕からのスロードロップを得意とし、審判が続けてボールの宣告をすると、ゆっくりと歩みよって、球が高過ぎるのか、コーナーをはずれているのかを訊く。帽子をとって一礼してマウンドにもどる。実に礼儀正しい。これらのこと、こういうこと全てが江分利にとって恥ずかしい。何故だろうか。洲崎球場、上井草球場、後楽園球場はちっとも恥ずかしくないのに。畑福や中河や若林は恥ずかしくないのに。

大正の末はハイカラである。ハイカラは昭和10年代の初めまで続く。それが、次第にハイカラでなくなってくる。全体に貧しくなってくる。やせてくる。ハイカラは敵だ、というふうになってくる。

大正15年1月19日、江分利は大森の入新井で生まれた。だから、厳密にいえば東京生まれではない。それはいいが、1月19日に生まれたのに、戸籍上は11月3日生まれとなっている。11月3日といえば明治節である。「亜細亜の東日出ずる処聖の君の現れまして古き天地とざせる霧を大御光に隈なくはらい……」の明治節である。江分利は、誕生日が明治節であることに、疑問を感じたことがある。(そんなに都合よくゆくはずがない)明治節は気候もよく、めったに雨も降らぬとかで、ゲンのいい日とされていた。だから、適当にやっておいたのだろうと思っていた。しかし、10ヵ月もサバを読んでいるとは思わなかった。(これはヒドイよ)

何故、江分利の出生届けが10ヵ月も遅らせられたかというと、大正14年の12月に江分利の兄が生まれたからである。江分利の母は、臨月でふうふういっている所へ、突然、見も知らぬ嬰児の兄が届けられたときの愕きを一度だけ語ってくれたことがある。以後、この件に関して母と話しあった記憶はない。

むろん、江分利も、おかしい、と思うことがなかったわけではない。江分利家には奇妙な写真が1枚あった。江分利と兄とが産衣に涎掛けを掛けてならんで写っている。江分利の方が老けて（老けてというのは適当ではない。兄さんらしくとでもいおうか）見えた。2人は涎掛けを掛けてそっぽをむきあっている。その色褪せて茶色っぽくなった写真は、古めかしい布表紙のアルバムに貼ってあった。廂髪の母や、半裸体後向きで筋肉の盛りあがりを見せた父の写真もあり、第1頁には早稲田大学の四角い学帽をかぶったキャビネ判の父の顔があった。江分利はその写真帳を見るのがこわかった。怕い、と思いだしたのは10歳の頃からだったと思う。奇妙であり、怕いのは、むしろそういう誰が見ても変な写真をとったことであり、ひきのばしてアルバムに貼ったことかもしれぬ。江分利は、その写真を撮らせたときの、父と母の心を思った。あるいは、兄のことに関する悶着がやや落ちついた時機だったのかもしれない。また、あるいは、三浦半島の海岸で、肺病を養っている叔父のところへ兄がひきとられるようになったので、記念のために撮らせたのかとも思われる。ともかく、父と母はこの事件を江分利には分らないように、かくしおおせた。兄は、この事件を誰かから聞かされていたらしく、父が軍需成金になって、ふたたび兄をひきとることになったとき（兄の歳でいえば小学6年である）

緊張した兄は、挨拶もぬきに「この家の竈の下の灰まで俺のものだゾ」と言ったという。子供の知恵ではない。兄は、その後も、夜中に江分利を起して「俺のお母さんは〝お母さん〟じゃないんだよ」と言って、窓をあけて考えこんだりした。江分利としては、そういうことを考えたりするのは面倒くさかった。いやだった。

兄は、その後も、家を出たり、入ったりした。

いったい、父と母とはどんなふうに結婚したのだろうか。母は旧家のお大尽の娘である。父は、中学のときから苦学生である。兄の母というものがありながら、何故父は江分利の母と結婚したのだろうか。母と結婚することになっていて、その途中で、父はあやまちをおかしたのだろうか。それとも、江分利の兄の母と結婚することになっていて、その途中で、父が何かのことで無理に変更したのだろうか。そのへんのことは、わからない。もし、結婚ということが、子供をつくるということが、心と心とのむすびつきだとするのなら、江分利の父は、あるいは江分利の父ではないかもしれない。江分利と江分利の父とは他人かもしれない。そのへんも、わからない。しかし、江分利は、そのへんのことをわかろうとしたことがない。知りたい、とは思わない。どうでもいいのだ、そんなことは。しかし、このことは、江分利の出生が10ヵ月遅れて届けられたということは、江分利を左右するのである。昭和の日本というのは、そういう仕組みになっているのである。

## ■固い焼きソバ

昭和8年、江分利は、川崎市の南幸町小学校に入学した。昭和8年といえば、江分利家のドン底時代である。しかし、先程の写真帳のことでいえば、江分利は慶応服で（そんな言葉があるかどうかしらないが、つまり、幼稚舎スタイルで）入学したらしい。江分利は不動の姿勢で、ナントカ写真館のカメラマンの前に立ったらしい。その写真帳は空襲で焼けてしまって、記憶だけでいうのだが、慶応服で佇って、ヒドク固くなっている。江分利は子供のときから小心で泣き虫で、だから入学のときの記念撮影が固くなっているのは当然だが、顔つきが極度に緊張している。それは、記念撮影だからというためだけではない。江分利は、家が貧しいということを知っていた。父と母が、もうダメで死にかかっていることを、知っていた。その当時、江分利家のたのしみは、川崎市の街へ出て、活動写真を見て5銭食堂でシナソバか焼きソバを食べることだった。江分利は、あんなにうまいラーメンやあんなに絶妙な味のする焼きソバを、その後たべたことがない。シナソバは、実に、豊富、だった。鳴門巻きと支那チクとモヤシ、それとおツユとの調和、5銭食堂のドンブリがまた豊かだった。ドップリ、としていた。焼きソバは（焼きソバはさすがに5銭では食べられなかったが）ちょっと豪華すぎる感じだったが、辛子をたっぷり皿のふちに盛り（この頃、焼きソバを頼んでも辛子を持ってこないソバ屋があるが、君達はいったい、どういう料見なのかね）酢を少しずつかけて、太い焼きソバを少しずつやわらかくして、辛子をまぶしてたべる。あれが焼きソバだよ。この頃の支那ソバ屋は少しおかしい。「固い焼きソバ」というと「うちは固いのはやってません」だなんて。それが上品だなんて思ってやがる。やわらかい焼きソバなんて焼きソバじゃないよ。焼きソバはね、口のなかが怪我しそうな奴じゃなきゃだめだよ。固い焼きソバができるうちは、まるでソバがキリイカみたいな細くて薄いヤツを持ってきやがる。固い焼きソバで言えば、デパートの食堂でやってるヤツがまだしも江分利の希望にちかい。だいたいこの頃の焼きソバは具（ドロリ）が多すぎるよ。ドロリをケチケチ惜しそうに食べるところに焼きソバの妙味があるのにね。ドロリが多すぎるから、固い焼きソバがはじめからヘナヘナで出てくる。あんなものを食べられると思うかね。下品な食べものは下品に盛り、下品に喰うほうがうまいのだ。

江分利は、家が貧しいということを知っていた。だから、己のために慶応服を新調したことがどういうことかを、知っていた。だから、固くなっていたのである。そんなことしなくたっていいのに、と彼は思っていたのである。江分利の息子である庄助にくらべれば、江分利はいろんな意味ではるかにませていた。そのときの江分利はつらかったのである。子供だと思って馬鹿にしちゃいけない。

昭和8年という年がどういう年かというと、国語の教科書が「ハナハトマメマスミノカサカラカサカラスガイマス」から「サイタサイタサクラガサイタ」に変った年である。江分利は、そのほんとうの生年月日からいえば、当然ハナハトを使用すべき運命にありながら、サイタサイタの組にいれられたことになる。サイタ教科書は灰色の表紙のハナ教科書にくらべると陽気だった。うす赤い健康そうな表紙は、国力の上昇と侵略の匂いを発散していた。ハナを大正とすれば、サイタは、戦前までの昭和を象徴しているように思われる。サイタはハナにくらべて上等だった。担任の教師は、君達はこの点恵まれていると説き、江分利はハナ組に対して優越感を抱いたような記憶がある。ハナとは人種が異るように感じた。

この学年は、学校の制度上の改革をたびたびうけた。江分利たちまでで中等学校の入学試験が廃止になったこともそのひとつである。江分利たちは小学5年になると激しい受験勉強を課せられた。正規の授業が終ってから課外が2時間あり、競争率のはげしい中学を受けるものは、夜、受持の訓導の家に集められた。江分利の担任は関西の師範学校を出たばかりの青年で、下宿の壁には「神ハ自ラ助クルモノヲ助ク」と墨書してあった。受験生がへたばってくると、猪口で2、3杯酒を飲ませた。教室では竹の鞭を持っており、容赦なく殴った。殴られると、頭に竹の節なりにコブができた。青年教師は、そのコブを「山脈」と名づけた。

小学6年になってからは(その頃、父は軍需成金になりかかっていた)丸の内にあった父の事務所を夜だけ借りて受験勉強を続けた。4人の受験生と青年教師は、人通りの絶えたビル街で立派すぎる事務机にむかった。机はピカピカ光っており、ペン皿の鉛筆は全部尖っていた。清楚な女事務員が帰り際にけずっていくのだろうと想像した。電気ストーブをつけ、回転椅子に腰かけてこの贅沢をふんだんに享受した。江分利は、苦痛を快感に変える術を会得していったようである。往復はいつも円タクだった。

その頃、丸の内の帝国劇場は『望郷』という映画を上映していた。評判の映画の主人公が前科14犯の兇悪犯であることを知って、江分利は強く惹かれた。そういう世界で太く短く生きてみたい、とも思った。江分利は教師にその映画に連れていってくれといったが、彼は『望郷』のロングランが終ってから、シャーリー・テンプル主演の『農園の寵児』をみせてくれた。そんな映画が面白かろうはずがない。

受験勉強は江分利を急速に大人に仕立てた。江分利はむしろ老人くさかった。

昭和14年、麻布区内の中学に入学した。はなはだ不出来であった。数学が出来ないうえに体操と軍事教練が極端にわるく、マジメに出席していて教練検定不合格は江分利だけである。

中学3年のとき『外人部隊』というフランス映画をみた。何かが、江分利を把えた。何かとは何か。宿命論的なものであろうか。さびしさのようなものであろうか。「勝手にしやがれ」であろうか。江分利の前には、ピエール・リシャール・ウイルムの演ずる主人公のような「きめられた早い死」しかないように思われた。その映画ばかり何度も見た。新宿の光音座や太陽座、銀座の全線座やシネマパレスに日参してフランス映画を漁った。『望郷』も見た。不思議に補導協会に捕まらなかった。

昭和16年、大東亜戦争がはじまって、朝、校庭で大日本帝国万歳を3唱した。江分利の前には、いよいよ「死」しかなかった。江分利は、平静な気持で死ねるようになりたいと真剣に考えた。「青春の晩年」という言葉が流行した。18歳で入営だから、15歳はすでに晩年だという意味である。「最も美しく生きることは、最も美しく死ぬことである」などという評論家もあらわれた。

江分利たちは、その頃、大木惇夫の『海原にありて歌へる』という詩集を愛唱した。なかでも「戦友別盃の歌」などはみんな暗記していた。その詩は次の如きものである。

言ふなかれ、君よ、わかれを、
世の常を、また生き死にを、
海ばらのはるけき果てに
今や、はた何をか言はん、
熱き血を捧ぐる者の
大いなる胸を叩けよ、

満月を盃《はい》にくだきて
暫し、ただ酔ひて勢《きほ》へよ、
わが征くはバタビヤの街、
君はよくバンドンを突け、
この夕べ相離《さか》るとも
かがやかし南十字を
いつの夜か、また共に見ん、
言ふなかれ、君よ、わかれを、
見よ、空と水うつところ
黙々と雲は行き雲はゆけるを。

この詩をうたいながら涙を流したものである。別離には実感があった。毎日、誰かと別れているようなものであった。

昭和19年、大学に入った。文科の募集人員を極端に減らしたので競争率は20対1だったが、数学がなかったのではいることができた。同級に傴僂《せむし》や結核患者がいた。入学しても普通の体格なら翌年は兵隊に行くことがきまっていたので、むしろ彼等を歓迎したのである。すぐ、勤労動員につれていかれた。軍事教練研究部があって、強制的に歩兵砲研究会にいれられた。日曜も訓練があった。6月には援農にいかされて農家へ泊りこんだ。田は見渡すかぎり老人と娘ばかりで、江分利たちははなはだユニークな存在だった。

その頃、ルイズという日英混血の少女と知りあい、この薄っぺらな感じのする少女をよく訪れた。彼女のアパートは粗末な机があるきりで、畳は赤くやけていた。ルイズはしゃがれ声でフォスターの歌曲を歌った。江分利は彼女を連れて友人宅を訪れて嫌がられた。憲兵があとから調べにきたりしたからである。

10月に江分利は学校を止めて父の工場で旋盤工見習として働くようになった。大学は間もなく閉鎖になるだろうと考えたからだ。(実際、20年3月には、決戦教育措置として授業が1ヵ年停止されることになった)ほんとうは兵隊にゆくまでに何かをしたかったからだ。

父の工場には、3名の熟練工と20名の素人工員がいた。魚屋、菓子屋、寿司屋などの転業者だった。江分利は麻布の高台の高級住宅地から菜ッ葉服を着て朝8時に工場へ入り、深夜まで働いた。全く健康になり、模範工員だった。

11月から空襲がはじまった。江分利は待避せずに銀色の編隊と飛行雲を見た。空中戦になると物干場に上った。B29に体当りする飛行機があり、型のように米機の落下傘が開いた。高射砲の音が快かった。

工場では工員たちが次々応召していったので江分利はネジ切りもやらなければならなくなった。工員たちは、一寸待ってくれというときに「チョイマチグサノヤルセナサ」と言った。「オヤオヤチョイチョイユデアズキ・ナンキンマメノツナワタリ」などとも言ったが、これは意味がわからない。女工員たちの間では、手提袋をつくることがはやった。変った形の木や竹を探してきて布製の袋をつけるだけのことである。幾つも、つくるらしかった。ハンドバッグに対してこれを「木バッグ」と名づけた女がいた。この女は朝から晩まで頭にクリップをつけていた。

20年5月25日に家と工場が焼け、鎌倉に移った。父と弟は毎日焼跡整理に通ったが、江分利は俄かに怠惰になり、昼はほとんど寝て暮し、夜は海岸で夜光虫を見た。下痢が止まらず、毎日夢精した。

7月3日に入営の通知がきた。焼跡から廻送されたので、入営日には5日も遅れていた。母と叔母が必携品を奉公袋につめた。江分利は髪床から帰ってから寝ころんで古雑誌を読んだ。翌日は曇天で、江分利は青い頭で行列の先頭に立った。逃げだしたかった。

数日後、江分利の隊のある甲府市が空襲された。甚だ痛快だった。第一、家財道具を持ちだす必要がなかった。将校や下士官たちは馴れていないから震えていた。その翌朝、使役で営庭に出ていた江分利は、裏門から悲鳴のかたまりが入ってくるのを見た。老婆と母とその子供らしい7、8人が互いに罵りあいながら入ってくる。子供が不発の焼夷弾をいたずらして、皆がのぞきこんだときに爆発したのだという。背中の赤ん坊も血を流していた。このような事件は戦後も昭和22年頃まで頻発したように思う。これは戦争や空襲よりもずっと怖い。江分利はガソリンとか火薬とかガスとかの爆発物を極端におそれるようになった。道を歩いていて、ひょいと煙草を捨てるというような動作が出来なくなった。なにか爆発物がそこにありはしないか、といつも考えた。臆病は歳とともに募るようである。

ちょうどうまいときに終戦になった。幹部候補生の試験がせまって、江分利は拒否するつもりだったが、そんなことが出来たかどうか。軍人勅諭を暗記していなかったので、それだけでもずいぶん叱られるはずだった。9月20日に復員した。解散のとき、中隊長は「米軍の憲兵がピストルを持って各駅に配属されていると聞くが、中隊はすでに解散したのであるからして、お前等には一切責任をもたない」と言った。藤沢から江之島電車に乗り換えると、なるほど巨大なMPが2人、小銃を持って立っていた。鎌倉の海には艨艟《もうどう》が密集していた。

## ■バイア・コン・ディオス

戦後1年の記憶は甚だアイマイである。訪ねてくれた戦友を追いかえしたのと、街でルイズに遇ったことぐらいしか憶えていない。由比ケ浜を歩いていると、ジープが追い越して急停車し、ルイズとGIがおりてきた。ルイズは見違えるほど美貌になり、生き生きしていた。その兵隊と結婚するのだという。江分利は和服を着ていたが、ルイズは着物を正確に「ケモノ」と発音した。

21年からは毎日賭博にふけった。麻雀なら負けたことがなかった。「心理学応用麻雀必勝法」と名づけた。全ての勝負事に勝つには相手の心理を読みとればよい。観戦者のあるときはそれに注意する。ないときは相手の眼をみつめることだ。土地の商人や追放中の実業家やプロ野球の選手から、まきあげた。鉄火場へも出入りした。江分利は19歳だが「中学生」という仇名で呼ばれた。オイチョカブは符牒でいう。２３４は兄さんしましょう色街のカブなどという。インテリくずれは、６６７ならロンドンシティーは英国のカブ、２２６は叛乱のブタなどという。専門家（専門家とはイカサマのできる連中のことである）の眼はドンヨリと濁っているようで、光っているようで、その心理を読みとることができない。（これはスゴイよ）窃盗は出来心のこともあろうが、専門家は不断に良心を殺さねばならぬ。但し、専門家と勝負して勝てないということはない。専門家が「ヤル」ときに乗っかってしまえばいいのだ。

鉄火場では、バッタがはじまるまえにテホンビキ（ホンビキとかビキとかいう人もあるが）という前座みたいな賭博が行なわれることがある。江分利がはじめてテホンビキの胴をとったときに、桜の札を出すと（手拭でかくした1月から6月までの札のうち、1枚を抜きだして伏せるのだ）場の金がそっくり集まった。次にまた桜を出すと、またそっくり札束が膝許に集まった。狐につままれたような気持で5回桜を出して毎回ウケた。あとで聞いたのだが、桜を出すのは縁起が悪いとされていて、特に1回目にそれを出すのは禁忌になっていたらしい。土地の古着屋は江分利の親だけで3万円すってしまった。彼は最後の2千円をとられたときに、誰にともなく「へえ終えた」とつぶやいた。

賭博で勝つと江分利は、金のつかい方を知らないから、日劇のボックスシートで映画を見たり、近所の者を10人も連れて喫茶店へいったり闇の天ぷら料理を食べたりした。ヤクザ者が街で江分利に挨拶するようになった。それが彼の19歳だった。ある日、江分利はこういう生活と縁を切ろうと思った。鎌倉の裏駅のそばにある製粉工場へ勤める決心をする。昼夜2交替で昼の部は朝6時の出勤だった。頭のテッペンから足の先まで真白になって働く自分を想像して「粉挽きの歌」という詩をつくった。ところが、就職がきまりかけたときに、山内教授が小さな出版社に世話してくれることになった。1週2日の出勤で月給は8百円である。次第に、毎日つとめねばならぬようになり、月給が8千円になったとき、夏子と結婚した。昭和24年、江分利は22歳である。以後、小さな会社や中位の会社を転々と移る。どこへ行っても学歴と基礎学力にひけ目を感じた。

「サム・サンデー・モーニング」という歌がヒット・ソングの上位を占めたことがある。夏子は、いまでもこの歌やこのメロディーを聞くと吐気を催すという。夏子の悪阻のときに流行したからである。庄助が生まれたのは25年10月だから、この歌がはやったのは25年のはじめの頃だろう。

江分利も同じように「バイア・コン・ディオス」のメロディーによわい。「チェンジング・パートナー」にもよわい。「バイア・コン・ディオス」の女声コーラスを聞くと陰鬱な気分になってくる。だから多分この歌がヒットしたのは29年のはじめではないかと思う。30年は「旅情」とチャチャチャと「暴力教室」とアーサー・キットの「ショジョジ」であり31年から3年間はすべて「エデンの東」がトップであった。

29年に江分利は行き詰っていた。会社がつぶれるのに立ちあったり、別の会社へ移ったりすることにアキアキしていた。夏子と結婚する少し前から、江分利は大酒を飲むようになり、それは今でも少しも変らないが、29年頃から酒を飲むとうなったり、夜中に起きて泣いたりするようになった。「もし、戦争中に学校を止めなかったとすると、一流会社に就職して、ノンビリ社内対抗の野球をやったりしているかもしれないな」とか「終戦後すぐ学校へ戻れば新制大学のキリカエでやっぱりもうどこかの会社員だな」とか「あの頃博打なんかやらないで、語学でも勉強しておけば、それで結構、食えるのにな」とか、つまらないことばかり考えた。戦後すぐのときは、これはメチャクチャだった。そのあとも、たとえば新宿のナントカ横丁で飲んでも、大学の教授も一流会社の社員も、みんなカストリやバクダンを飲んでいた。物もなかった。平等だった。それが、29年にもなると、だんだん差がついてきた。江分利は、まだ焼酎だった。ヤケッパチだった。しょうのない奴だった。ノイローゼの夏子と小児ゼンソクの庄助がいた。いったい、どうなるんだろう。「もし、俺が、ほんとうの生年月日で、大正15年1月19日生まれで届けられていたら、俺は戦死していたかもしれない。しかし、ひょっとすると、それなら学校を止めないで、つまり学徒出陣ということになって、戦死の可能性は大きいが、しかし全然別の己になっているかもしれない」などと考えた。

大正15年生れは、数え年が昭和の年号と一致する。大東亜戦争は昭和16年12月にはじまって20年8月に終る。江分利の数えの16歳から20歳までで、心理学上の思春期である。江分利はいつも子供ごころに国の重みを感じていた。一方、戦争と徴兵制度のない世界に恋いこがれた。それは極楽浄土だ。江分利は、うちは金持だから戦争が終ればどんなにいいだろうかと空想した。しかし江分利家に金がだぶついたのは戦争のおかげであることを知らなかった。

29年に中学の同期会があった。こういう会合はソラゾラしいものだ。みんな心の張りを失っていた。商売の取引の話ばかりしていた。まともに学校を出たのは1人しかいなかった。それも兵隊のがれに医科大学へ入って、そのまま医者になってしまったのだという。秀才連中は理科系から戦後文科系へ移ったり、海兵や陸士から大学へ戻ったりしていた。比較的仲のよかった4人がビヤホールへ集まって、20年、21年になにをしていたかを話しあった。江分利は「俺はオイチョカブばかりやっていた」と白状した。1人は1日12時間寝て暮らしたと言った。もう1人は「いま考えるとワケがわからないんだが、大学の野球部の応援を毎日日が暮れるまでやっていた」と言う。最後の1人は喫茶店にいりびたって5時間も6時間もボンヤリしていたという。それ以外の記憶が薄れていることで、4人は一致していた。しかし、3人とも一流会社に就職していた。江分利はそこでも敗北感を味わった。

翌年の30年5月に江分利が東西電機の宣伝課（当時は営業部に所属していて、部としては独立していなかった）に腰かけみたいなつもりで就職したのは偶然にすぎない。東西電機の弱電部門が急速に伸張したのも偶然のことである。（ついでに民間テレビの放送がはじまったのは28年の8月28日で、日本テレビ放送網株式会社、略称NTVが最初である）宣伝部門が拡張され、江分利のような多少ヤクザっぽい男でも仕事ができるようになったのも偶然にすぎない。昨年あたりから、求人難ということがあって、新入社員の給料、つまり初任給がつりあがってきて、その結果、全社員、とくに江分利みたいな途中入社の給料があがって、どうやら暮らせるようになったことは、すべて偶然にすぎない。偶然とはおかしな言葉だが、すくなくとも江分利の計算ではない。もし、いま日本のホワイトカラーについて、かりに35歳を中堅社員として、それについて語るとなれば、この「偶然」にふれないワケにはいかない。マンモス企業のマンモスビルの社員食堂にカレーライスを食べようと思ってつらなる長い長いバカバカしい列にいる35歳の中堅社員、典型的なホワイトカラー、そんなものはどこにも存在しない。そんなものは、どっかの社会心理研究所の調査にまかせればよい。マス・ソサエティのなかのひとり、とは江分利も思っていない。「あなたは通勤の満員電車のなかでどんなことを考えていますか?」「はい、何も考えておりません」「あなたの就職の動機は?」「まあ、なんとなく」「あなたは今の職場に満足していますか?」「ええ、満足しています」「将来、何になりたいですか?」「大過なくつとめたいと思います。みんなのために」「あなたの尊敬する人物は?」「さあ、ちょっと思いあたりませんね」

## ■音のかそけき

その日、昭和37年6月のある日曜日、江分利と夏子と庄助は、ふらっと外へ出た。江分利一家は公園については通《つう》である。近郊の公園は歩きつくした。どこへ行っても感激はない。しかし、行くところは公園または公園みたいな広場である。とくに庄助は公園については手足《てだれ》である。どこそこの水飲場の水はうまい、などという。どこそこは工夫が足りない、などという。

その日、江分利たちが行ったのは、日吉の慶応義塾大学のグラウンドである。

江分利は、前日の土曜日に、土曜日の例として、ひどく飲んだ。家に帰ったときは、空が、もう夜ではなかった。しかし、日曜日は公園か広場か空地に出掛けねばならぬ。夏子はケテルスの食パンとケテルスのロースト・ビーフでサンドイッチをつくった。辛子と野菜とローヤルクラウンコーラは別に持った。庄助は水筒を背にかけている。江分利はポケット瓶でなく、角瓶の720㎖入りのウイスキーを提げている。

正面をはいってすぐ右側が陸上競技場である。江分利たちはメインスタンドに腰をおろした。暑い。他には木蔭に寝そべってじっと動かないアベックが1組いるだけだ。物音がしない。時々、風が来る。

庄助は水筒を肩にかけたまま探検に出かける。このグラウンドも、もう5度目ぐらいでよく知っているはずなのに、テニスコートやプールや野球場や講堂の蔭を調べに行く。ちっともじっとしていない。夏子がゆっくり追いかける。

江分利はウイスキーのキャップをとる。はじめの1杯2杯は、にがい。はじめの1杯2杯は時間がかかる。うまくない。しかし、3杯目から急にうまくなる。快いとしかいいようのない味になる。自然に手が瓶にのびる。飲み方が早くなる。

江分利のまわりにある情緒がただよいはじめる。「我が宿の……」と江分利はつぶやく。「我が宿の……」あとがわからない。何か気分のいい歌があったはずなのに思い出せない。ええと、なんだっけ。江分利は元来記憶力がひどくわるいのだが、最近はとくにわるくなって、失語症みたいになることがある。「……情悲《こころ》しも独しおもえば」かな。いやそうじゃない。あれはたしか「うらうらに……」だ。「うらうらに」そうだ「うらうらに照れる春日に雲雀《ひばり》あがり」だ。「情悲しも独しおもえば」だ。しかし「我が宿の」の次はなんだっけ。たしか両方とも大伴家持だ。なんとかで「吹く風の」とくる歌だ。……わからない。

考えを変えよう。カルピスは恥ずかしいかね？ 恥ずかしいね。何故かね。さあ、わからないね。こういうことじゃないかね、昭和のはじめにあって、昭和のはじめに威勢がよくって、それがずっと10年代から戦後のいまでも威勢がいいような、そういうものが恥ずかしいんじゃないかね。さあ、それは考えすぎじゃないかね。じゃ文学座という劇団はどうかね、恥ずかしいかね。文学座、なるほどね、そういえば少し恥ずかしいね。『北京の幽霊』の龍岡晋の宦官なんて絶品だったからね。築地小劇場の食堂のカレーライスはうまかったね、あの劇場が今でもあったとして、食堂のカレーライスが同じ味をしていたら、やっぱりちょっと恥ずかしいね。N響は？ 昔は新響っていったね、あれも恥ずかしいね。

じゃ、神宮球場は何故恥ずかしいの？ あれは恥ずかしいよ、これは絶対だよ。

神宮の野球場の全盛時代、つまり六大学野球の全盛時代はいつ頃だろうか。江分利が実際見た範囲でいえば、昭和12、13年はひとつのピークではなかったかと思う。江分利は50銭銀貨1枚(当時はこれをギザイチといった)貰って野球を見に行く。市電が往復14銭、外野席が子供で20銭、帰りに食べるカレーライスが15銭だったと思う。

昭和12、13年は早慶の全盛時代のようでいて優勝はほとんど明治大学がさらっていたような記憶がある。江分利の飲み友達の桜井は、当時のメンバーを諳んじている。もっとも桜井の記憶だっておかしなところがあるかもしれないが。

「昭和12年春の早稲田はね、1番ショート村瀬さ、2番ライト永田、これが意外によく打ってね。3番サード高須、いま共同印刷にいるよ。4番ファースト呉、こいつは球足が速かったね。5番センター浅井、6番レフト三好、7番キャッチャー指方、8番セカンド柿島、ラストはピッチャー、キャプテンの若原で控えが君のよく言う近藤金光だ、いま中日にいるけどね、君がいうような、そんなへんなピッチャーじゃなかったよ。いいドロップをもってたよ」

「そうかなあ、ぼくは買わないな、面白いピッチャーだったけど。それにこのメンバーで優勝できなかったのは投手力が弱かったせいじゃないの」

「それは、ありますね」

「キャッチャーで鵜飼とか藤堂とかってのがいたでしょう」

「いたけど故障が多くてね。12年の秋は小楠がキャッチャーしてたな。それと辻井」

「南村不可止は？」

「あれは13年の春にサードで2番打ってた。高須がセカンドに廻ってね」

「よくエラーしたね」

「大暴投ね」

「あの人、帽子とっちゃってね、帽子をポケットにいれてバッターボックスに入って審判に注意されたり……」

「そんなことはなかったね。君の記憶はおかしいよ。創作がはいるから」

「じゃ慶応は」

「1番センター川瀬さ。以下（捕）松井（一）灰山（二）キャプテン岡（右）楠本（左）本田（三）平野、これがいい選手でね。（遊）勝川（投）中田と続いてね。ピッチャーの控えに高木、高塚。秋からはショート大館、サード宇野。ピッチャーに創価学会の白木義一郎が出てくる。問題の明治大学はね、（二）恒川（中）村上（三）二瓶（一）児玉、これはリリーフ投手もやったよ。（遊）杉浦（捕）桜井、これがキャプテン。（左）北沢（右）加藤、ラストがピッチャーの清水で12年春秋ともに優勝さ。児玉が投げるときは1塁へ坂田が入ったね。13年は吉田、亀田、加藤、児玉、杉浦、北沢、亀井、上林（御子柴）、清水の順。憎いくらい強かったね」

「法政は鶴岡時代でしょう」

「そう。（遊）柄沢（二）大谷（三）鶴岡（一）森谷（右）広瀬（捕）竹内（左）松下。ピッチャーの赤根谷飛雄太郎、ラストはセンターの勝村ときちゃうね。秋からはいま審判やってる、滝野さんがセカンドにはいる。13年はたしかライトが吉田にかわってるはずだ」

「へえ、立教は？」

「セカンド北原、センター小林、3番キャプテン黒田のファースト。レフト志摩、サード清原、この人は何でもこなす人でね、ピッチャーもやれば捕手もやる。ライト田部、キャッチャー成田、ショート高田と柚木。ラストがピッチャーの西郷だ。13年は4番に1塁有村、キャッチャー町田、レフト稲村、キャプテンは補欠の足立かな」

「東大は？」

「東大がわからないんだよ。ピッチャーは由谷でなく久保田でしょう。あとサード大村、ファースト野村、ショートに小野なんかいたね」

「緑川っていうキャッチャーがいたでしょう」

「緑川は13年で、キャプテンさ」

江分利の前に昭和12年の神宮球場が彷彿としてあらわれてくる。内野スタンドは傾斜がまずくて見にくい所がある。特に内野と外野の境い目の所が妙にゆがんでいる。グラウンドでは鶴岡が軽々と守備している。清水が連続3振にきってとる。高須が強引に本塁につっこむ。浅井がスライディングキャッチする。西郷は相変らず制球力がない。満員である。黒い学生服。白いワイシャツ姿。応援団長が立ちあがる。「右ッ手にぃ、帽子を高ぁくう！　校歌ぁ！　時間がないからぁッ　1番だけぇ！　そらぁッ（前奏）みいやっこのせいほおく、わせだぁのもりにぃ……こらァ、そこの学生ぇ、声が小さい。すらぁッ！」永田が渋く右前に打つ。チャンス。歓声。ブラスバンド。巨漢の呉明捷が出てくる。「かっせぇ、かっせぇ、ゴォゴォゴォ！　そらぁッ！」そこへ雨が降ってくる。試合は一時中断。学生たちは、さっと消える。神宮はスタンドの下の廊下が割に広い。スタンドには誰もいなくなる。そのかわり、廊下は若者の熱気でムンムンしている。動物くさい。エネルギーがムンムンしている。「おい、そんじゃよお、銀座へ行こうか」「俺独乙語の追試験があるんだ」「ちぇっ、いいメッチェンいるんだけどな」

昭和12年の大学生は、昭和12年の日本について何を知っていたのだろうか、君たちの力で戦争を止めることはできなかったか。そりゃ無理だよ。そんなこと出来るワケがない。昭和の日本では戦争は避け難い。

それじゃ学生は浮かれていたのだろうか、絶望していたのだろうか。それもわからない。あの学生達はどこへ行っちまったのだろう。半数は戦死したのだろうか。「右手に帽子を高く」

はどうしたろう。呉明捷はどうしたろう。あのエネルギーはどこへいったんだろう。神宮球場のエネルギーは何もできなかったのだろうか。グラウンドの巧緻や豪放な芸は球戯だけのものだったのか。それは、まあ、当り前だ。

しかし、江分利にとって神宮球場は恥ずかしい。なさけない。悲しい。ひどく恥ずかしい。

「わが宿の……」江分利は、ウイスキーをラッパ飲みする。

テニスのボールの音がものうく聞こえてくる。庄助と夏子はどこへ行ったのだろうか。影が長くなる。

そうだ「この夕《ゆうべ》かも」だ。

「音のかそけきこの夕かも」だ。

江分利の前に白髪の老人の像が浮かびあがってくる。温顔。どうしてもこれは白髪でなくてはいけない。禿頭ではダメだ。禿頭はお人よし。神宮球場の若者たちは、まあ、いい。戦争も仕方がない。すんでしまったことだ。避けられなかった運命のように思う。しかし、白髪の老人は許さんぞ。美しい言葉で、若者たちを誘惑した彼奴は許さないぞ。神宮球場の若者の半数は死んでしまった。テレビジョンもステレオも知らないで死んでしまった。

「かっせ、かっせ、ゴォゴォゴォ」なんてやっているうちに戦争にかりだされてしまった。

「右手に帽子を高くゥ」とやってるうちはまだよかったが「歩調ォとれェ、軍歌はじめェ、戦陣訓の歌ァ一、二、三……やまァとォおのことうまれェてはァ」となるといけない。

野球ばかりやってた奴。ダメな奴。応援ばかりしてた奴。なまけ者。これは仕方がない。しかし、ずるい奴、スマートな奴、スマート・ガイ、抜け目のない奴、美しい言葉で若者を釣った奴。美しい言葉で若者を誘惑することで金を儲けた奴、それで生活していた奴。すばしこい奴。クレバー・ボーイ。heart のない奴。heart ということがわからない奴。これは許さないよ。みんなが許しても俺は許さないよ、俺の心のなかで許さないよ。

「前略ご免下さいませ。

忠雄様　その後一向にお便りありませんのね。御達者にてお暮しでございましょうか。何時も変りなく毎日元気で居ります。安心してね。寒い寒い冬も訪れてまいりました。北風吹き荒む頃きっと愛しい貴方のお言伝えかと、窓辺によれば冷たい嵐がしのびこむ、顔を通り過ぎてゆく。其の度に此の胸に便り無き岩手の人の心無き式の日がとても寂しいの。毎日来る日も来る日も小さい胸を悩ましましょう。

過ぎし日のことばかり後から後から、されど私はやっぱり一人なのだ。これからは貴方のレター拝見することが出来ないでしょうね。私は決して心は変りはしません。だけど貴方へ差し上げた愛情は何時の世までも貴方の胸へおしまい下さいませ。

貴方へ上げた写真は永遠に貴方のそばにおいてね。つれなき浮世の二人であった。

何時も貴方の便り来ると小踊りする位嬉しかった。私、二度と拝見することが出来ないでしょうか。短い間の私、忠雄へは一番愛情を捧げました。

永久に忘れることなく貴方の胸にね。清い愛情の二人が悲しみもあれ、忠雄様。

二人が誓い合ったこの筆にも早やお別れを言う時が来たのではないでしょうか。

なにもかも夢であった。空想の幻であった。忠雄様いつまでも幸福であって下さいませ。私何時でも貴方一人の者でありたいと願ったかいも無く、貴方からは何の便りもない。忠雄様返信くれると思ったら、何時でも下さいね。私待ってるわ。

貴方のお写真は毎日待ってるがくれるでしょうね。毎日待ってるわ。

では今日はこれにて、どうぞこの寂しき私の心を男心に思い出して下さいませ。もう悲しくって双の眼は涙に曇って字も見えなくなりました。

では御身大切に。いつまでも幸福であれとはかない女性ながら秋田にてお祈りして居ります」

この手紙を読んだら、誰だってふきだすだろう。しかし、ほんとうにこの手紙を読んで笑う資格のある奴なんて1人もいない。
これは昭和20年2月17日にフィリピンで戦死した陸軍兵長が肌身につけていた遺品である。（岩波新書『戦没農民兵士の手紙』より）これは江分利にとって「オヤオヤチョイチョイユデアズキ」である。「ナンキンマメノツナワタリ」である。ハンドバッグでなく「木バッグ」である。「右手に帽子を高く」である。この人たちを殺したのは誰か。殺したのは江分利自身でもある。昭和に生きた日本人である。昭和の日本人は、恥ずかしい。

日吉のグラウンドが暮れかかってくる。庄助はトラックを2周廻ってメインスタンドにさしかかる。江分利に手をあげる。少し歩いて深呼吸して、またかけてゆく。彼は、いま英雄だ。林のなかで夏子の声がする。「庄ちゃん、もう止めなさい」。江分利の手がウイスキーに伸びる。夏子の足音が近づいて「パパも、もう止めなさいよ」。江分利はとたんに忘れていた歌を思い出す。「いささ群竹《むらたけ》吹く風の……」だ。「我が宿のいささ群竹吹く風の音のかそけきこの夕かも」。これでよい。

江分利は木製のスタンドに坐っていて、戦後間もない頃よく見た米軍のライスボウル（アメリカン・フットボール）の試合を思い出した。百人のうち99人はアメリカ人だった。選手が1

人ずつ入場するたびにアナウンスがあり、パンパンが凄い声で声援を送った。「あたいのアレはでけえのとばかりやってるからドーナッツみたいになっちゃってよ、あはは」とパンパンは江分利に話しかけ、黒人白人に躍りあがって声援した。ふつうの日本人は入れてくれないが、江分利はこっそり塀の穴からもぐりこんではいっていた。酒は禁止されていたが、米兵の酔っぱらいが何人もいた。銃を持ったMPがそいつらを監視していた。ネクタイが曲っているだけでも注意していた。兵隊もMPも実際に南太平洋で戦ってきた奴等である。日本人を殺し、仲間の死を見てきた奴等である。陸軍と空軍が強く、そのふたつでいうと陸軍の方が少し強かった。元日の優勝戦には全国の基地から兵隊がバスで集まってきた。プロの選手も入っている。メインスタンドの右側は空軍で灰色の1色である。左側が陸軍でカアキイ色。双方ともに1万5千位の応援団が整然と並ぶ。陸軍の攻撃の時は軍楽隊が「野砲隊の歌」（The U.S.Field Artillery March）などの演奏する。空軍の時は「空軍の歌」（Air Corps March）が多い。少女たちが「ウイ・ウオント・タッチダウン、えいえいエイ」と飛びあがる。空軍のあざやかなロング・フォワードパスが時に効を奏するが、陸軍のシングルウイング・フォーメーションからの中央突破がじりじりと迫って白熱する。たいがいは陸軍が勝つ。タイム・アップとなり陸軍が空軍のエンドゾーンに殺到する。勝ったチームが負けたチームのゴールを倒すのだ。すると、その時だ。空軍の酔っぱらいがただ1人、陸軍応援団1万5千のカアキイ色をめざして殴りこみをかけに行く。MPが2、3人、銃を持って追いかけてゆく。陸軍応援団は微動だにしない。MPは空に発砲する。メイン・スタンドの直前、あなや、という所でそいつをMPがひっとらえる。銃把で額を割り、控え室へ引っぱってゆく。勝った側と負けた側とでエンドゾーン附近で大乱闘がはじまるのはそれからだ。MPは江分利を見つけて「get out!」と叫ぶ。ミットモナイ風景を見せたくない、と思うのだろう。しかし、江分利にはたった1人で殴りこみをかけて額を割られ、血だらけになったアイツの気持がわかるのだ。アイツはきっと南太平洋で死んでいった奴等のかわりをしたかったんだろう。口惜しかったんだろう。そいつが引っぱられて行くまでじっとしていた双方の応援団もそいつの心情が分っていたんだろう。紳士じゃないさ、あいつは。しかし、あいつは「男」だ。あいつは酒乱だ。あいつはほんとの「紳士」かもしれない。そしてその場にいた何万という男たちはあいつの気持を「理解」していたにちがいない。死んで行った男たち、生き残った男たち。牧場やスナック・バーや保険会社や広告代理業のオフィスに帰ってゆく男たち。乱闘はミットモナイ。しかし、江分利にとっては、みっともなくない。それがこのMPにわからないのか。額を割られた兵隊は泣いているかもしれない。江分利はしかしMPに叱られても、この場の情景だけは大事にしたい、よく見とどけたいと思った。バカバカしいことさ。バカバカしいけど大事なことなんだ、これは。

それが毎年のライスボウルだった。駐留軍の数がだんだん減ってくると、ライスボウルもおとなしくなった。サラリーマンみたいな兵隊がふえてきた。彼等は「戦争」を知らない。軍楽隊も威勢がわるい。

「あれは、もう終っちまったんだな」と江分利は思う。酔いが廻ってくる。ずいぶんいろんなことがあったけど、バカバカしいことはもう起らないだろう。

ああいう時代や、ああいうことはもう終ったんだ、と思う。あれはせいぜい「バイア・コン・ディオス・マイ・ダーリン」までだったんだな。

# Ⅳ章　文庫で読めない江分利満氏の初期短篇三部作

# 江分利満氏の元日

直木三十五という人は、男がいったん表札を掲げたら容易にはずしてはいけない、と言ったという。そのことを誰かが書いたのを読んだ記憶があって、痛く感動した記憶があって、感動したからといってその記憶が正しいかどうか怪しいものであるが、江分利のそのときの受け取り方でいえば、直木三十五は甚しく貧乏していて、借金取りに追いまわされているが、男が一戸を構えた以上はどんなことがあっても家をたたんだり夜逃げしたりしてはいけない、というふうであった。直木三十五は長火鉢の前に坐って長煙管でスパスパ刻み煙草を吸っていたという。こうなると江分利の直木三十五に対するイメージがまざってくるからますます怪しくなるが、そんなふうであって、落語のニラミガエシみたいになってしまうが、江分利は、ひどく打たれた。男はそういうもんだ、と思ったのである。

だから、というと論理的にツジツマがあうみたいだが、その辺はどうもボヤッとしているが、あえていうならば、だから江分利は、元日は絶対に年始に行かないのである。江分利も東西電機の社宅の2軒長屋のテラスハウスに亜鉛板を腐蝕させた横書の表札を掲げている。従って、江分利も表札を出した以上は断乎として元日には年始に行かない。行かないばかりか元日には一歩も外へ出ない。庭へも出ない。年始に来るなら向うからやって来い！　男としての江分利は心中深く期する所があるわけだ。俺だって男だゾ。

実をいうと、元日に挨拶に出向かなければ義理のわるい家が何軒かある。まず直属の部長宅へはハガキの5枚も持って年始に行くべきだろう。しかし、行かない。（余談だが、歳暮はともかく、年始に大層な進物をする習慣は極く最近のことではあるまいか。年始に進物するのはエチケットに反するのではないか？　ハガキ5枚とか手拭1本というのが目下としての礼儀ではないか）

元日に皆集まって飲んで騒いで面白いからゼヒいらっしゃいと誘ってくれる家もある。その人にも会いたいし、そこへ来る誰某にも会いたいが、ガマンする。行ってやるもんか！　スキー場の山小舎で乾杯しようと毎年シツコイ程さそってくれる友人もある。大晦日から麻雀やって徹夜して12時に雑煮を食べようという古い年長の友人宅もある。ダメだダメだ、みんな駄目だ！

昭和24年に江分利は夏子と結婚した。北向きの陽の当らない4畳半を1間借りた。当時灰田勝彦の「東京の屋根の下」という歌謡曲がヒットした。江分利は音痴だが、ナンニーモナクテモヨイ、口笛吹いて行こうよ、というくだりを繰り返し歌った。実際は江分利は口笛も吹けないのだが、つまり、それしか無かった。ナンニモナクテモヨイわけはないのだが、本当に何も無かった。

昭和37年は「王将」である。「王将」もとても全部は憶えられないし、その必要もないのだが、2番だけ歌う。(これも余談だが坂田三吉という将棋指しはそんなに強くなかったのではないか。棋譜を見るとそんな気がする。少くとも升田幸三とは相当ひらきがあるのではないか)「王将」の2番は「あの手この手の思案を胸に、破れ長屋で今年も暮れた。愚痴も言わずに女房の小春、つくる笑顔がいじらしい」である。このなかの「破れ長屋で今年も暮れた。愚痴も言わずに女房の小春」をたえずクチずさむのである。潜在意識に訴えようとする戦法である。小春を時々夏子に置きかえる。「やぁぶぅれナガヤで今年もくれたぁ、グゥチも言わずにぃニョーボのナツコォ」これは凄い実感があるよ。低音でいきますからね。バーの請求書と年末賞与とどういうバランスシートに相成りますか。人生でこれ以上のスリリングな局面はないのではあるまいか。

表札を掲げる前の江分利は元日に何をしたか? 汚いズボンに黒のセーターでライスボウルを観戦した。勿論外套なんか着ない。元日は大体において暖い日が多い。そんなとき知人に道で会うと面白かったね。向うはモーニングやら黒紋付やら。江分利を見ると「おやっ」という顔をする。まあそんなことを面白がったのは江分利が若かったせいだろう。今の年齢ではキザになる。

さて、それならば、今の江分利は元日に何をするのか。何もしないのである。一年でこれくらい何もしない日は一日もないだろう。朝、早く起きる。嗽手水《うがいちょうず》に身を清めるね。和服はないし、背広を着る必要はないから、やはり軍隊ズボンに黒のセーターである。庄助は夏子の仕立てた背広まがいに蝶ネクタイなんかして正座して「パパおめでとうございます」と言う。何が芽出たいもんかね、貯金が1万円ありゃ御の字というお父様だよ。夏子は一番上等の和服を着て来客に備える。吉住小三郎さんか吉住小三八《こさはち》さんの長唄をラジオで聴く。「鶴亀」か「蓬莱」か。テレビで能を拝見する。

2階の6畳間に客に備えて茶袱台を出し、オセチ料理を並べ、座蒲団を4人分位ならべる。さあ、いつでも来い。菊正宗と賀茂鶴はいつでもお燗できるように大徳利に用意してある。庄助が時々あがってきて、料理を失敬する。(おい、カズノコはよせよ、数がすくねえんだから)オツマミは毎年江分利が魚河岸で見立ててくるから、そうバカにしたものでもない。江分利は茶袱台の前に端然と坐って客を待つ。これが男というものだ、江分利は固く自分に言いきかせる。表札出した男は動いちゃいけないぞ。そうして、誰か来たら丁寧に礼儀正しく、明るく清らかな気持で酌み交そう。コップでなく猪口でやろう。ジワーッと飲み、ジワーッと酔ってやろう。酒がなくなったらウイスキーのストックがあるから安心である。誰か来ないかなあ。庄助が、またあがってくる。「パパどうするの？ 何するの？」そんなこと言ったって仕方ないじゃないか。俺だって恰好がつかないんだよ。お前だって今に分るよ。最初の1杯を男同士で晴れやかに笑いながら飲みたいんだよ、俺は。「今年も……」と言って、後は口のなかでモグモグ言うだけで杯をあげたいんだよ。「まあどうぞ、おたいらに、ご遠慮なく」そんなふうにいきたいんだよ。

日が落ちかかってくる。客はない。考えてみると、江分利の所へ元日に年始に来る客なんてあるわけがない。江分利は泣きたくなる。本当に涙がこぼれそうになる。しかし、精神だけは直木三十五でいこうじゃないか。

午後4時を過ぎる。「おい夏子、しょうがねえや、お燗つけてくれよ」

そうなると江分利は1本の酒が飲めなくなる。「おい、お前もつきあえ」「なあ、日本酒なんてうまくねえや。サントリー持って来いよ。その方が早くっていいや」「おい、庄助、まだ誰か来るかも知れねえからな、カズノコとキントンは程々にしろよ」
そうして、江分利は元日は割に早く寝るのである。

# ドッカリ夫人を愛す

「パパ、この音楽『オルフェ』の音楽に似てるね」

庄助が言った。

左の耳にトランジスタラジオのイヤホーンがのびて野球中継《ナイター》、右の耳は音だけテレビの『バス通り裏』、目は新聞の将棋欄、右手に2級ウイスキー・オン・ザ・ロックスのオールド・ファッションド・グラス、左手の拍子木に切った人参（冷やせば冷やすほどウマイ）がアジシオの皿をつつく、というものの晩酌スタイルに江分利はなっていた。つまり何事にもウワノソラだった。

「ねえパパ、五郎ちゃんて、ジャン・マレエに似てるね」

江分利はチラと目をあげた。

「そうだね、ジャン・マレエに似てる」

言ってまた新聞に目を落す。（5八金寄はむしろ5八金直と指したいナ。いや6一飛と打ちこんではイケナイノカ？）

「ねえ、パパ、五郎ちゃんより、ルイ・ジュベのほうがうまいね」

「そりゃルイ・ジュベのほうがうまいさ」

江分利はまだ事柄の重さに気がつかなかった。（なぜ阪神は好機に打てないのか、ここは手堅く三宅に送らせてソロムコで……ほら、ダメだよ、いい当りをしても正面を衝くから、この人参はうまいな、みろ、ダブられた）

「パパ、黒沢明よりクルウゾオの方が芸が細かいね」

「え？（やっぱりソロムコ打ったじゃないか）クルウゾオってのはね（丸田八段少しどうかしてやしないか）狂うぞってくらいでね、神経が細かくてね（もう1杯ヤルカ）それで本当に狂っちゃったんだ」

「パパ、チオムキンとオーリックとどっち好き」

「どっちも（氷がねえな）好きさ」

「僕も。『ローハイド』もいいけど『悲恋』のオーリックもよかったね」

「ううん『悲恋』かあ。『悲恋』も……（待てよ『悲恋』『悲恋』と……）そうだね、しかし……（しかし『悲恋』はおかしいぞ、『悲恋』タアなんだ、『悲恋』たあアレじゃねえか）」

江分利はガクゼンとした。イヤホーンをはずし、新聞をたたみ、グラスを飲みほし、人参を捨て、正座した。

「おい、貴様、いま何て言った？　『悲恋』？　おかしいじゃねえか。『悲恋』がどうしたんだ」

江分利は戦後間もない頃の日比谷映画館（いや帝劇だったかな）を想いだした。結婚する前の夏子と、はじめて一緒に見た映画が『悲恋』である。いや、そのことよりコクトオの映画が難解で、恋人にうまく説明できずにイライラした苦い（または甘い）記憶の方が、この際問題なのである。

「見たノヨ『悲恋』……」

「見たぁ？　それで貴様、分ったのか、その映画」

「うん、分ったよ、ママがよく教えてくれたんだもん、毎日……」

「ママが？　毎日？」

庄助の説明を要約すると次のようになる。テレビに往年の名作映画を上映する「テレビ名画座」という番組があって、ちょうど庄助が小学校から帰る頃にはじまる。月曜から金曜まで、土曜・日曜をのぞく（だから、サラリーマン亭主は知らない）毎日、同じ時間に同じ映画をオン・エアする。

しかもアテレコで、日本語に吹きかえてあるそうだ。

同じ映画を続けて5回見れば、庄助なりの「分った」という表現はウソではない。いや、暗記してしまうかもしれない。庄助が『オルフェ』やジャン・マレエやルイ・ジュベやクルウゾオやチオムキンやオーリックを口走る不思議も解決された。(なるほどね) 5回見れば監督や作曲者や主演俳優の名を憶えてしまうだろう。

(しかし、待てよ……と、するとだな) 江分利はもう一度ガクゼンとした。(よく考えてみると) つまり、江分利が会社でアチコチ飛び廻っている時に、あるいは仕事をしているポーズで居眠りをする術はないかと画策している、あの3時から5時という時間に、女房はウットリとジャン・マレエやジェラール・フィリップに見とれている、という現実をどうするか! (これで2時間) いや、そうだ、ムロン、それだけじゃない、なんとかいうお昼の「よろめきドラマ」が面白いと言っていた。相撲があれば相撲を、6大学野球があればそれも、いや、もっとショムナイ番組も見ているに違ない、ドッカリと腰をおろして。

……それ以外の時間は……

うん、昨日は佐藤夫人を呼んで夏の計画を話しあったと言ってた、ソファ・ベッドにドッカリと腰をおろして。一昨日はPTAの人が来て、役員にナリテがないので、と口説かれて「アタシ、いやだったけど、しょうがないでしょう、だから……」ということになった、と言ってたな。500円のクッキースがあらかたなくなっていたから、これもかなり長い時間、ドッカリと腰をおろして……。

ドッカリ、ドッカリ、ドッカリと……なあんだ、いま、会社の連中やバーの仲間が時折つぶやいている「ドッカリ夫人」っていうのはコレナノカァ?!（夏子のヤツもそれなんだな、やっぱり）江分利は呟いたのである。

電気洗濯機と電気掃除機だけは決して買わないという男がいる。彼はまた、決して風呂をガス風呂にかえることをしない。「そんなことをしたら、女房のすることがないじゃないか」と言うのである。彼は貧乏でもケチでもなく、いやむしろ大変気前がよくて、そのうえ愛妻家である。「そんなことをしたら、女房の健康にもわるい」

この2、3年の間（いやもっとになるかな）江分利は泣いている女というものを見たことがない。女はいつも笑っているのである。愛想よく笑っているか、ウットリと微笑《わら》っているか、呵々《かか》大笑しているか、嗤《わら》っているか、それ以外の女の状態を見たことがない。江分利は、子供の頃、台所や、女中部屋や、納戸で泣いている母をよく見た。江分利が心配すると、母は「なんでもないのよ」と言った。なんでもないのになぜ女は泣くのか、という疑問を江分利は長い間いだいていた。

「泣いている女」には風情がある。男性を厳粛な気持にさせる不思議な力をもっている。中シワケナイという気持にさせる。こういう女の状態を見たことがない。従って、この2、3年の間、江分利は「可哀そうたあ、惚れたってことよ」という情況に立ちいたったことがない。女はいつも笑っているのである。笑いながらお産をしているグラビア写真を見たことがある。

(もっとも、これは両性的・今日的・世界的傾向なのかも知れない。シェパードさんとケネディさんは、記者会見でユーモアをとばして記者団を爆笑させたそうである。あれはむしろ御両人も記者団も共に相擁して哭《な》くべき情況ではなかったのか?)

「置きゃぁ喰う」というシャレを聞いて、なるほどと思ったのも、そんなに遠いことではない。小料理屋のオヤジのシャレで、料理をつくって置くと食べる、置きゃぁ喰うから「お客」だというのだが、今朝の食卓は、するとどうなるのだろうか。インスタント・コーヒーとクラッカーとバターと牛乳瓶と生卵が、まさに置いてあったのだ。料理という段階はまるでゼロで、ただ台所からテーブルへ持ってきて置いただけではないか? 江分利は「お客」なのか? (「結局のところ、ぼくは旅行者に過ぎない」という吉行淳之介さんの小説の一節を思いだした。江分利は給料を運搬するだけの「旅行者」なのか)「お客」を送りだして、女房はドッカリと腰をおろす。お昼はインスタント・ラーメン、3時に子供といっしょにインスタント・ジュース(ストレート・ジュースよりインスタントなジュースがあるらしい)夜の食卓は冒頭の如くであるが、江分利は非常に近い将来、粉末によるインスタント・ビーフ・ステーキが出来《しゅったい》するであろうことを信じて疑わない。(事態はインスタント鯛茶漬の出現という所まで逼《せま》っているのだ!)

祖母や母や、友人の母を通して得た「妻」の概念はおよそ次のようなものであった。

6時起床。火をおこす。米を研ぐ。焚く。ミソ汁(機嫌のよい時は鶏卵入り)神棚・仏壇・御燈明・柏手《かしわで》・線香・切火。タクアンをきる。ノリを焼く。総員起し。叱る。フトンをたたむ。ラジオ体操。飯盛り。弁当づくり(これが大変なんだな、勝手なオーダーをするから、江分利はよい息子で、海苔段々と称するヤツで我慢していたが、父は牛の大和煮、兄はタラコ、妹は錦弁当、弟は幕の内、下の妹はキジ焼き、その下の妹は甘露煮。昔は給食とか社員食堂なんてなかったんだぜ)皿洗い・靴磨き・掃除・雑巾がけ・庭はき。洗濯(洗濯板でゴシゴシ及び洗い張り。分ってるのかね、アワセをほどいて洗って、ノリをつけてハリイタに張るんだぜ。クリーニングに出せるウールの着物はなかったんだよ）縫物。薪割り。稽古事。親類づきあい。研ぐ・焚く。風呂焚き。叱る。敷く。寝かす。薄化粧。酔った夫。乱暴。忍耐。

これが、江分利の得た「妻」の概念だった。それ以外の「妻」は長火鉢の銅壺をみがいているか、煙草の空箱でドビン敷きを作っているか、靴下に電球をいれて穴をかがっているか、納戸で泣いているか、のどれかだった。つまり「妻」は凄まじい形相で髪ふり乱し、というものだと思って育ってきたのだ。（レジャー・マダムとは何事デアルカ）たまに歌舞伎座へ行く前日の「妻」は興奮して寝られなかったのだ。昨今のドッカリ夫人は、ダイヤルひとつで、居ながらにして海老蔵《えびさま》にも幸四郎にも、大鵬にも長嶋クンにも、ステキな水やんにも美貌の池田さんにも、ジャン・マレエにも会えるのである。こまかいことをいえばガーター（男の靴下止メというものがあったのだ）がなくなったこと、柱時計がトランジスタ電池式になったことだけでも、ずい分妻は助かってるんじゃないだろうか？

庄助が登校前に白い布をテイネイにたたんでいるのを見て、ソレハナンダと聞いてみた。庄助は直ちに、ソレをひろげて、着て、かぶった。江分利の表情はかなり複雑だったろうと思う。ソレは、割烹着とアネさんかぶりの手拭いだった。聞けば今日は料理と裁縫の時間があり、しかも給食当番に当っているのだという。無念だった。こんなことをさせるために、ムリして育てた子供ではない。（オ父チャンはネエ、クロウしたんだよ）しかも断じて許せないのは、庄助の含羞と嬉々《きき》だった。（コイツうれしがってやがる）これが、第1の敗因だな、と江分利は思った。アメリカに敗けたのが敗因だな、戦後教育が敗因だな、女を増長させた婦人雑誌もいけないな（江分利は婦人雑誌の編集者にバーで会ってもかつて心を許したことがない）と思った。

第2の敗因は、家庭生活の合理化、特に東西電機をはじめとして電機メーカーは許せないな。テレビ・洗濯機・電気釜・冷蔵庫・掃除機がドッカリ夫人をつくったんじゃないか。ヒザ枕の亭主をウチワであおぐ、なんてのはよかったのに、扇風機にルーム・クーラーでは絵にならないじゃないか？　冷蔵庫は足であけるんだそうじゃないか。洗ってほせばピンとなる、シワにならない繊維をつくったメーカーもいけない。破れない靴下を発明したのは誰だ！　靴下が半年はいてもやぶれないなんてのはイミないよ。お湯を注げば5秒でOKなんていう食品がどうしてできたのか。リビング・キッチンが代表する建築家は一体男を何だと思ってるのか。男を台所で食わすという精神がよくない。だから男がイジケテくるのだ。床の間がなく廊下がなく玄関がなく、6・4・3のクセに妙にテラスばかり立派で、そんな所で男がくつろげるとでも思っているのか！（本気で怒ってるんダヨ！）

江分利の好みでいえば、陽の当らない（だから北向きの）湿気けた8帖間でステテコはいて山茶花の幹にとまった青蛙だけを相手にして飲みたいのだ。緑の芝生とバラの垣根と白ペンキのテラスでスポーツシャツに綿ギャバのズボンをはかせられたら、男はどうしてもダメになるんだ。

第3の敗因は産児制限の普及だろう。たった1人生んだだけで「アタシもうゴメンヨ」とは何というイイグサだろうか。だから、亭主のキがそがれるのだ。（そのくせ、謝国権氏の書物がベスト・セラーになるのは何かが間違っている。ベスト・セラーになるからには女性の読者が多いにちがいない）聞くところによると、オムツを配給・回収する貸オムツの会社まであるそうではないか、たった1人の子供を育てるために。

かくしてドッカリ夫人が誕生するのである。

江分利は、決してドッカリ夫人を否定する者ではない。むしろ本心は「エエコッチャ」と思っている位である。ただ「妻」は、戦後、特に最近、ドッカリ夫人にレジャー・マダムに変ったが、果して夫の生活はどれほど変っているか、どれほどレジャーを獲得しているか、という点に疑問を持っている。

「さもあらばあれ」というのが、今の江分利の心境である。江分利は夏子を愛している。（ずいぶん苦労もかけた）江分利は、電気洗濯機と掃除機とガス風呂を否定した友人とは人生観が違う。

江分利は、妻を図に乗れるだけ乗せてみたいと思う。共稼ぎのその妻のイヤラシサ、苦労、アザトサ、いうに言われぬ辛い心情、を知っている。それに較べれば、ドッカリ夫人がいかにヨロシイカを心得ている。

江分利には隠微なる愉しみがある。

ドッカリ夫人の教養はレジャーの獲得によって急速に高まっているそうではないか。つまり江分利は夏子のドッカリを助成することによって、妻としての変貌を期待できるのではないか。江分利家にはすでにして、瞬間霜取脱水装置付電気冷蔵庫、電気洗濯機、テレビ、ステレオがある。風呂もガス風呂である。来年は万難を排しても掃除機と芝刈機を買うつもりである、その翌年はルーム・クーラーを……

夏子がどんな「新しい女」になるか、江分利のひそかな愉しみはここにある。つまり、江分利は近々のうちに全く別の新しい女と夫婦になることが約束されている幸福な男なのである。江分利は夏子が老いないうちに、これらを買いととのえる必要がある。いそがなくてはならない。

江分利はドッカリ夫人を愛している。

# 悲暑地のできごと

夏は暑い。暑いから避暑に行くのである。しかし、それなら、軽井沢や野尻湖や鎌倉山や葉山の別荘にいる主婦たちは涼しそうな顔をしているか？　断じて否である。こころみに、親子3人、旦那はテトロンの上下にカルピスの詰合せを手土産に持ち、妻はムームーに日傘差して、子供は捕虫網に麦藁帽子といういでたちで、その1軒をたずねてみるとよい。

「まあまあ、よくいらっしゃいました。お暑いところを……」と、そりゃ口ではいいますよ。「さあ、どうぞどうぞ、坊ちゃんおみ大きくおなりになって、さあどうぞ、東京はお暑うござんしょ。あなた、裸におなりになったら、あら、ご遠慮はいりませんことよ、ここは田舎なんざんすから、上着をお脱ぎになって……奥様、そこがお涼しいことよ、いえ、そこじゃないんですのよ、そこは西陽がさしましてね、いえ、もちょっと右の方へお寄りになって……いえそうじゃないんです、こちらの方へお寄りになって、そう、そこが風の通り道なんですのよ。まあ、坊ちゃん、いいもの持ってるわねえ、オバチャマに見せてよ、ここはトンボや蝶々がたくさんいましてよ、あら待ちなさいよ、いま、お寿司をそいったところですから。坊ちゃんは西瓜がよろしいでしょ、ネエやあ！　あらあら、なんですか、頂戴ものですか、いつもいただくばっかりで……そうですかあ、じゃ遠慮なく、ホントによくいらっしゃいましたこと……昨日、今井さんがお帰りになりましてね、ご一緒だとよござんしたのにね、こないだは、山崎さんが、はあ、家中でお見えになって、ええ、おばあちゃんまで……お丈夫でいらっしゃいますのねえ、あちら。トウモロコシ3本お食べになって、あとで天丼をちゃんと1人前、ペロッと召しあがりましたのよ、ホホホ」

となるが、この間《かん》に避暑地の主婦をじっくり観察されたい。目に冴えがない、口もとがこわばっている、客攻めで疲労コンパイしているのだ。さきほどの言葉の真意は次のようになる。

「アラアラ、また客かい、3人も。この子汚い足だね、親が気がつかないのかしら。裸になったって、ズボンまでぬがなくても……ステテコのボタンがはずれてるじゃない。みっともない。右の方へ寄れったら寄ったらいいじゃないの、右ったら左へ寄るんだから、いい歳して若妻ぶってモジモジしたり、ジレッタイわね。馬鹿だね、この子も、いまどき昆虫がいると思ってるのかね。お寿司だって西瓜だってタダじゃないんだよ。ナニ、またカルピスかい、これで3日泊るのはフトイよ。今井さんや山崎さんもそうだけど、あんたがたもあんたがただよ」

だから、避暑なんかに行くもんじゃない、こっちにすりゃ、来いといったから行っただけの話で、たしかに「チトお立ちより遊ばせ、軽井沢はよござんすよ」といったじゃねえか。ましで別荘なんか持つもんじゃない、10万円の予算が20万円を軽くオーバーする。ために株を手離したり、ヘトヘトになって秋になってあらためて温泉に休養に行くハメになる。これではなんのために避暑に行ったのか分らない。テトロンとムームーと捕虫網はあんなに元気よく遊んで帰っていったのに……

しからば、夏をどうするか？　江分利は毎年5日ぐらい、高原のホテルに滞在することにしている。夏子は家事から解放されるし、ホテル暮しは庄助のしつけにもよい。但し、これはあくまで予定であって、結婚12年いまだかつてこの予定が実行されたことがない。いいたかねえが、先立つものがいつも先立たないからだ。今年も、ボーナスは月賦とバーの借金とそこでまた飲んだのとで費いはたした。

しからば、夏をどうするか？　都会の悲暑地（避暑地ではない）にもいろいろ面白いことがある。

庭をつくろうと思った。庭を豪華にすれば、涼しくなるのではないか。江分利は古本屋で外国の建築雑誌を40円で買い、植木屋を呼んだ。

「おじさん、これね、これみたいにしてよ。これは広いけど、部分だけでいいんだよ。ええと、芝生が3坪さ、芝生の坪は普通の坪より狭いんだろ、相場は坪千円だそうだけど、8百円に負けてよ、3坪で2千4百円か。それと杉苗を5本、1本4百円として2千円か。蔓バラを3本、これは張りこんで3百円ぐらいのヤツ、全部黄色にしてね、合計で5千3百円か……どうだいおじさん、5千円に負けねえか?」

このときの植木屋のセリフを聞かせたかったね。腹掛けに巻脚絆、手甲つけたのがナタマメをぷっと吹いて、すっくと立った。もっともすっくと立っても5尺そこそこなんだが、痰を10グラムほど、そっぽへ吐いて、そのままの姿勢で(このへんの間合いがいいんだな)こういやがった。

「旦那《だあ》さん、庭ぁ、つくろうて人が、お銭《あし》のこといっちゃいけねえやな」

恐れいりました。

貸植木というのもよい。貸植木はなにも喫茶店やキャバレーに限ったことではない。大きな鉢で1月600円ぐらい。芭蕉なんか3鉢もいれると、たちまち庭が南国調になるから妙である。

吉沢の家へ遊びに行ったら、部屋にガス・ストーブが置いてあった。これが意外にもルーム・クーラーとして役立つのである。吉沢の説によれば、日本の夏が暑いのは湿度が高いせいだそうである。だから、この湿度を消せばよい。吉沢はまず家中の戸を締めきり、電気を全部点《つ》けストーブに火を点けて、トップにして、1時間ばかり散歩するのだそうだ。帰ったときは、まさに炎熱焼くがごとき有様で寒暖計はゆうに40度を越すという。しかし、室内は乾燥しきって、戸を開けたときの一陣の風の涼しさは格別というのだが……扇風機に濡れ手拭を巻いて涼をとるが如き人は、吉沢第五郎の凄絶な行為のまえに恥ずべきである。恥ずべきなんだが、双方ともに、お銭《あし》がない、避暑に行けない、要するに貧しさゆえの生活の工夫ってのはワビシイもんだなあ。

ホテルのプールというヤツがある。700円ぐらいで、海へ行く旅費や混雑を考えれば安いと思うが、昼食のお値段もホテルなみでまずくてヤタラに高いから、弁当持参をおすすめする。しかし、ここにもプール族という種族が棲息しているから、あまり近寄らぬ方がいい。

「軽井沢に（この種族はカルイザワとにごらずにカルイサワと澄んで発音するから注意されたし）1軒あるんざんすが（嘘吐け！）あちらはブヨがいますでしょう、あたしアレに弱うござんしてね……あら、昭仁《あきひと》ちゃん、ダディはどこ行きました、ねえ、ちょっとダディ呼んできて」

大体、子供に昭仁なんて名前つける料見が気にいらないね。それにダディはいかんな。パパか、せめてお父様までは許せるが、ダディは絶対に許さんぞ。しかし、子供は正直でよい。

「父ちゃん食堂でテレビ見てたよ、ネエかあちゃん、クリーム買ってよ」

愛すべきは童《わらべ》である。

座椅子というものを御存じか？　例の主として掘りゴタツで用いられる脚なしの椅子であるが、これを使用していない人を江分利は日本人と認めないし、少なくともこの快を知らぬ人をゴルフ族、気取ってラーメンの鳴戸巻きを捨てる人同様に友人とは思わない。座椅子は千2百円から6千円ぐらいまであり、背が3段階に動くもの、肘掛け付きで、これも3段階に動くもの、など各種あるが、ゼッタイに肘掛け付きであらねばならぬ。籐で編んだもの、木綿張り、化繊張りなどあるが、なろうことならビロードにねがいたい。座椅子の妙は、椅子かと見れば座ブトンの如く、座ブトンかと見れば椅子であり、洋式のようであって洋間には役立たず、日本間にあってはじめて効力を発揮するが、そうかといって、花梨のカリン糖みたいな床柱がある10畳間などにはそぐわず、つまりは、今、江分利がいるこの汚い4畳半以外はつきづきしくないという点にある。これをはじめて推奨したのは矢島であるがなぜか江分利のための発明のような気がしてならぬ。座椅子の合理性については脇息と比較してみるとき、その優位がはっきりする。

深夜、座椅子の背にもたれ、肘掛けのビロードのはげちょろけた箇所をまさぐり、ガーリック錠を2コ落したトリスのオン・ザ・ロックスとグロンサン内服液のオン・ザ・ロックスを交互に飲《や》るとき、江分利にとって暑熱は遠いものとなる。どうぞ一度おためし下さい。いずれにしても座椅子の妙を知らない人は人生を半分しか生きていない、と思う。

メロンの食べ方。避暑に行けないなら、せめてメロンでもというのが人情だろう。メロンは果物屋で買ってはいけない。八百屋で買えば3割方安くなる。大ぶりに、せめて6分の1以上に切る。ヌルヌルと種子は除く。果肉を食す。青い固い部分も食べる。誰も見ていないからお体裁はいらない。次に皮の部分も食べる。すると、アミだけが残る。残ったものは一見タタミイワシ状となるが、これを洗って、タタミイワシの要領で焼き、お茶漬にかけて食べる。これが悲暑地における正しいメロンの食べ方である。

買う、のである。何を、ではなく、とにかく買うのである。つまらない映画を1本観ると、次にまた観たくなり、ヤタラに映画ばかり観てくらしたという経験をお持ちのはずと思うが、つまり夢中になれば暑さなんか、という心理を応用するのであるが、買う方はそれだけではない。たしかに涼しくなるのである。

江分利は今年の夏、はじめて夏服をあつらえた。昨年までは、冬服のズボンに開襟シャツだけで、「どうも暑いもんですから上着なしで失礼します」などと、あるふりしてごまかしてきたが、今年はもののはずみで洋服屋を呼んでしまった。レインコート地で、つまり薄手のバーバリーで1着。（ナイターで降られたときなどによい）これは暑いから、上着を手に持つことが多く、従ってズボンだけが痛むと考え、ズボンは2本と言った。江分利はシャレたつもりだったが、洋服屋が「はあ、つまりNTVのジャンパーと同じですね」と言ったのでカッときて、ひとなみにテトロンでもう1着、これは東西電機宣伝部意匠課のデザイナー大住順一に生地を選んでもらった。家へ帰って寝たが、どうも物足りない感じが残ったので夏子に相談すると「そうよ、買おうと思ったときにはお勘定のことなんか考えちゃダメよ」と言うから、翌日また洋服屋を呼んで、絹で三つボタンをあつらえ、頼んだトタンに江分利はかねがね、上等の紺サージで夏服をつくりたいと思っていたことを思いだし、聞いてみたら、ちょうど英国製の上物が入荷したというから、ついフラフラッと注文してしまった。一体、この支払いをどうするのか、と考えるたびに清涼感がただようのである。お化けを見てゾッとなって涼しくなるというのはウソであって、ちっとも涼しくなんかなりゃしない。しかし買い物のココチヨサ、ぐんぐんひきずられる魔力みたいなものは、暑さを忘れさせる。一種の貧乏人根性だと思うのだが、この点については女性の方が理解が深いだろう。夏子はデパートへ行って、なにかつまらない

（たとえば夏用ハンドバッグ）買物をして、お財布から千円札をぬきだしてそれが店員に渡ったとき、カーッときて酔ったような気分になるという。くだらないショッピングであればあるほど茫然として暑さを忘れるそうである。買い物にも梯子酒の味があることを江分利も知ったのである。

暑くて暑くてしょうがないときは、どうするか。

江分利はハナウタを歌う。たとえば『有楽町で逢いましょう』の一節「濡れて来ぬかと気にかかる」を、「濡れて小糠《こぬか》と樹にかかる」という心持でうたうのである。先方はそうとは知らないから「アラこちらご機嫌ね」ということになるから、涼しい顔でニタニタしていればよい。『潮来笠』の「潮来の伊太郎ちょっと見なれば」は「痛タCONの痛タ郎、ちょっと見なぁればァ」と歌うのである。「アラ、江分利さん、そんなの古いわよ」とくるから「それえでェ、いいのおォさ」となるのである。

もっと、暑くて暑くて、どうにもしょうがないときはどうするか。バカバカしい話を思いだすことにしている。

①ある著名な小説家が言った。「江分利君ねえ、あそこの寿司屋はいい粉ワサビつかってる

ぜ」

②西鉄の中西のバッティング・フォームを真似ていた友人が自慢して言った。「とうとうやられたよ、左手首、中西と同じ症状だ」

③日本語のまるでわからないアメリカ人が寄席で浪花節を聞いて泣いたという話がある。

④「何思いけん一匹の猿、かなたの木にマシラのようによじ登る」

⑤某議員が外人を招待して歓談の後、隣室でお食事をというのを「プリーズ・イート・ザ・ネキスト・ルーム」と言ったそうである。

某議員が、それじゃ俺の顔が立たねえというのを「マイ・フェイス・ダズ・ノット・スタンド」と言ったそうである。

⑥新派を見に行ったら隣にいた女性が言った。「京塚昌子って股ずれしないかしら」

もっともっともっと、暑くて暑くてガマンできないときはどうするか？　次の言葉を3唱することにしている。「ブレーキ踏まずにアクセル踏んだ」

避暑地で暮らしているヤツがしゃくにさわって、暑くて暑くて、不快指数が100を越してどうにもこうにもガマンできないときはどうするか？　断然、恋愛をすべきである。まさにヨロメクべきときである。これが最高である。女性なら土日だけ軽井沢なんて野郎をひっかけるべきである。しかし、残念ながら、江分利の場合、いつも振られてばかりいるので、その効用について識《しる》すわけにいかない。

都会の悲暑地にも、夏なお寒きいろいろなことがあるのである。

# 『江分利満氏の優雅で華麗な生活』解説

## 川崎市木月大町、社宅のころ

山口正介

『江分利満氏の優雅な生活』と『江分利満氏の華麗な生活』をこうして『江分利満氏の優雅で華麗な生活』と題して一冊にまとめたのだが、紙数の都合もあって、作品をいくつか割愛せざるを得なかった。

〝江分利満もの〟の中で、取り分け重要な意味を持ち、のちに瞳が『血族』と『家族（ファミリー）』という二つの大きな長篇小説を書くことになる、瞳の父と母のことに触れた作品群は外すこととした。

そのことは、ようやく戦後から脱して、バブル経済を間近にした日本経済の上昇期のサラリーマン、つまり昭和のサラリーマンに寄り添って作家活動を続けた山口瞳の、もう一つの重要な面に光を当てることになった。

収録作品の中の、「ステレオがやってきた」が象徴しているように、目覚ましい経済成長に歩調を合わせて、新しい文化的な生活を営むようになった日本人を描くために、瞳は、主人公の江分利満が勤務している会社を、自分が勤めている洋酒メーカーではなく、「東西電気」という家電メーカーに設定している。

この感覚に、瞳の、社会を観る洞察力の鋭さを感じざるを得ない。瞳の眼には、日本人の日常生活に家電製品が次々に登場してくるのと、サントリーが定着させた洋酒文化とが、戦後の日本のサラリーマンを語る上で車の両輪のように映っていたのだろう。

『江分利満氏の優雅な生活』や『江分利満氏の華麗な生活』という僕が〝江分利満もの〟と呼んでいる連作が書かれたのは、一家が川崎市木月大町にあったサントリーの社宅に住んでいた時期と、ほぼ一致する。

なぜ〝江分利満もの〟と呼ぶかというと、この「婦人画報」での連載が終わった後に書かれた、「週刊新潮」の「男性自身」シリーズの最初の何回かは、〝江分利満〟は登場しないが、妻の夏子や息子の庄助が、そのまま使われているし、その後の単発のエッセイにも、江分利満を主人公にする場合があったからだ。

一九五九年の大晦日に母、静子が逝去したあと、同居していた麻布の家を出て、瞳一家は半年ばかり、霞町（いまの西麻布）にあった友人宅の離れに下宿する。そして、一九六〇年の暮れに川崎市木月大町のサントリー（当時は〝洋酒の壽屋〟）の社宅に引っ越した。

もともと関西に拠点があったサントリーが東京支社に転勤してくる社員のために用意した社宅だ。東京在住の社員が入居できたのは、たいへん珍しいことだった。

六棟十二軒のタウンハウスであった社宅の住人は、いずれも東京に転勤してきたばかりの若い社員で、子供たちはせいぜい幼稚園児だった。父親と同居し、息子は小学校の四年生になっているという山口家は、かなり異色の入居者だった。

関西人であり、若い会社員である隣人たちとの付き合いは、瞳にとって異文化体験ともいえるものだった。

遅刻しないように道を急ぐ同僚や、わずかばかりの庭を菜園にする隣人は、瞳にとって珍しい異星人のようであったらしい。しかし、その同僚たちからすれば、瞳こそ風変わりな変人であったはずだ。

のちに家族ぐるみの付き合いをすることになる映画監督で俳優の伊丹十三さんが、「エブリマンというけれど、瞳さんほど特殊な感性の持ち主はいないよ」、といわれる所以である。

新橋駅周辺のバー、おそらくは一種の文壇バーであった、「とんとん」あたりで酒に酔ってからんでいる瞳の姿を見て、面白そうだと思い、なにか書いてみませんかと持ちかけたのは、当時、「婦人画報」の編集長だった矢口純さんだ。

そして短編小説「ドッカリ夫人を愛す」が一九六一年七月号に掲載される。つづいて八月号に「むし虫いたします」が掲載され、さらに、九月号に、「悲暑地のできごと」が掲載されることになる。

この三編は、『江分利満氏の優雅な生活』のシリーズではない。さすがに矢口さんも最初から連載とはできなかったのだろう。ある種のお試し期間である。

そして翌、十月号から初めて連載小説『江分利満氏の優雅な生活』と題する連作がはじまることとなった。

「婦人画報」に連載を始めるにあたって、瞳は、家庭婦人を読者としている雑誌なのだから、主婦が知ることのない、会社での夫の生態を教えてあげたかった、という執筆の意図を持っていた。

『優雅な生活』の連載は一九六一年の十月号から、翌六二年の八月号までつづき、『華麗な生活』の連載は一九六三年三月号から連載がはじまり、十月号の「今年の夏」（八作目）で完結となっている。

連載となった第一回目、「しぶい結婚」の冒頭は主人公の一人息子、庄助が十円玉を握って、埃がたつ砂利道を斜向かいの貸本屋に向かって走るシーンからはじまる。作中では、武藤勝之介・著「金星人の逆襲」を借りたことになっているが、実際の僕が、そのころ愛読していたのは、前谷惟光の「ロボット三等兵」や水木しげるの「墓場の鬼太郎」。そして、さいとうたかをの「台風五郎」シリーズ。まだ途中までしか出版されておらず、次が待ち遠しかった白土三平の「忍者武芸帳」であった。「金星人の逆襲」も読んだのだろうが、記憶にない。瞳は少年の姿と、その題名のコントラストに滑稽さを感じたのだろう。

当時の社宅の様子を知りたければ、岡本喜八監督作品の映画「江分利満氏の優雅な生活」をDVD等で観ていただきたい。ロケ地は、まさに当の社宅なのだ。僕が学校から帰ってくると、わが家はロケ現場になっていた。庭にキャメラが据えつけられ、照明機材が乱立していた。そして二階の居間は出演者の楽屋となっていたのだった。

一九六三年一月に『江分利満氏の優雅な生活』で第四十八回直木賞を受賞することになり、

生活は一変する。

直木賞を受賞した瞳はサントリーを退社し、嘱託となる。それにともない社宅に入居する権利を失い、退出することになる。一九六四年三月、のちに終の住処となる、「わが町」国立に引っ越すのである。

つまり、〝江分利満もの〟とは、とりもなおさず、川崎のサントリー社宅時代のことである。

（作家・映画評論家）

（お断り）

本書は１９６３年に文藝春秋新社より発刊された単行本『江分利満氏の優雅な生活』『江分利満氏の華麗な生活』を底本とし、ベストセレクション版としております。

あきらかに間違いと思われるものについては訂正いたしましたが、基本的には底本にしたがっております。

また、底本にある人種・身分・職業・身体等に関する表現で、現在からみれば、不当、不適切と思われる箇所がありますが、著者に差別的意図のないこと、時代背景と作品価値とを鑑み、著者が故人でもあるため、原文のままにしております。

山口 瞳（やまぐち ひとみ）
1926年（大正15年）11月３日―1995年（平成７年）８月30日、享年68。東京都出身。1963年『江分利満氏の優雅な生活』で第48回直木賞受賞。代表作に『血族』『男性自身』シリーズなど。

P+D BOOKS
ピー プラス ディー ブックス

P+Dとはペーパーバックとデジタルの略称です。
後世に受け継がれるべき名作でありながら、現在入手困難となっている作品を、
B6判ペーパーバック書籍と電子書籍で、同時かつ同価格にて発売・配信する、
小学館のまったく新しいスタイルのブックレーベルです。

# 江分利満氏の優雅で華麗な生活

2017年3月12日　初版第1刷発行
2024年9月11日　第6刷発行

著者　山口　瞳
発行人　五十嵐佳世
発行所　株式会社　小学館
〒101-8001
東京都千代田区一ツ橋2-3-1
電話　編集　03-3230-9355
販売　03-5281-3555
印刷所　大日本印刷株式会社
製本所　大日本印刷株式会社
装丁　おおうちおさむ（ナノナノグラフィックス）


ISBN978-4-09-352297-7

P+D BOOKS